2023
·
1

Chinese Poetry

汉诗

我的浑浊像黄河一样清澈

主编 张执浩

长江出版传媒　长江文艺出版社

2023

1

Chinese Poetry

目录

开卷诗人
傅元峰　作品　　004
文西　作品　　024

诗选本
江非　衣米一　傅浩　周瑟瑟　　046
金王军　霍香结　沙冒智化　苏仁聪　　064
陈翔　陈丹　陈渝　龙少　若颜　　079
李路平　王少勇　贺蕾蕾　张一兵　　100
何里利　杜鹏　曾冰　易水寒　　116
李真不弱　李外　不识北　尹伊　　132
王小柠　青小衣　马拉　阿煜　龙双丰　　147
王清让　郑泽鸿　郭建强　黄明山　　165

诗歌地理
黄礼孩　诗选　　183
翟月琴　岛屿的回声与赋形　　191
卢圣虎　诗选　　198
易飞　生命的疼痛与诗性救赎　　206

杨碧薇专栏
新力量：消费时代的电影诗性　　214

草树专栏
词与物的"三重门"　　222

编委会

（以姓氏笔画为序）

王光明　邓一光　叶延滨
吉狄马加　李少君　章建育
吴思敬　商　震

名誉主编　　邓一光
主　　编　　张执浩
主编助理　　林东林
编　　辑　　小　引
　　　　　　艾　先
编　　务　　曹维力
美术设计　　杜　娟
封面设计　　祁泽娟

根号二书籍设计工作室
QQ:1403310808

法律顾问
金　岩（湖北今天律师事务所）

开卷诗人
Open Page

傅元峰　作品
文　西　作品

傅元峰 作品
FU YUANFENG

推荐语

当代汉语诗歌内部向来有"批评家诗人"一说,傅元峰也许可以被视为近年来这个群体里非常醒目的一位,既有清晰的辨识度,又量大质高,以至于我们在阅读他的时候,时常会忘记他的批评家身份。傅元峰的诗歌里有一种奇异的吸附力,无论是语气还是处理诗意的手段,都别开一面,如他所言,"我的浑浊常像黄河一样清澈"。我想,正是这样一种看似矛盾的、具有对抗性的自我省悟,使他笔下的事物景象具备了某种纠缠不止的力量,在和缓的叙述中展示出了人性的开阔与寂寥。

——张执浩

我偏爱温和的阳光,不为人知的落叶,平淡无奇的生活。正如我喜欢某种诗的倾向,它并非张牙舞爪,也不一定非要成为匕首投枪。傅元峰的诗、平静、自由,于无声处却辗转反侧,在情感把控、节奏语气方面做得尤其优秀。"可用几分钟在灵武县的集市永生"——这或许是所有诗人的梦想。灵武县在哪里,或许并不重要,重要的是,当一个诗人审视自己内心的时候,他不可能"装作是每天拥有这些树荫的人"。我常常想,诗何其为诗?到底是诗在定义生活,还是生活在定义诗?傅元峰从另一个角度巧妙地回答了——西瓜、朽木、推土机,那些熟悉的事物命悬一线,诗人的任务就是挽救它。

——小引

不仅仅是学者的,也不仅仅是诗人的,傅元峰的诗有着这两重身份——两重表达——所兼具的外观与内感、玄思与身达,又或者他以这两重表达融合出了第三种表达:一个学者的冷和一个诗人的热交织重叠,一个旁观者的远和一个局中人的近互为依仗,一个写作者的外和一个生活者的内左右互搏。犹如一个踩着钢丝绳的阿迪力,他手握着一根平衡杆,但并没有着力于杆之哪一端,而是以偏倚自忖的精微平衡术并驾而行,并在这样的通过中准确抓取那些浮游周遭的日常碎屑和日常碎屑之象。他并不是要抵达哪里,他的通过本身就是他所抵达的。

——林东林

傅元峰是那种双眼自带滤镜的诗人。他自带的滤镜,可以把虚的化实,实的化虚;也可以把眼前的事物部分变形或者弥漫成色块的重叠。在他的滤镜里,也许有他所目睹的真相和他所建立的秩序,但他会把它们从一张照片变成一幅画来呈现给读者。从这点来看,个人觉得他应该是个完美主义者,很严谨地只呈现自己想呈现的一面,而把另一面用浓烈的情绪伪装起来。拥有这种滤镜是难得的天赋,拥有这种天赋的人,不写诗也未免有点浪费,所以,很高兴看到这些诗歌的出现。

——艾先

晚　年

事物都太熟悉了，
包括没有见过的。

太阳升起来，
新的一天开始没有多久，
就很旧。

事物都太陌生了，
包括每天见的。

我的家在哪里，
太阳
什么时候才能那样升起？

还是很乱地生活着。很想静下来，
什么都不做，
一切照样结束。

和浮雕上的羊共有一条舌头

浮雕上的人还在往前走，
有一头羊扭头看向我。

透过它的眼神，我知道
身后跟来了什么。

我不能回头惊动那些东西。
六盘山的豁口装着沸腾的尘世，包括

昨夜围着四个煮熟的羊头喝酒，
掰开其中一只，品尝了它的舌头：
我的舌头，也被什么品尝了。

现在,我们的舌头,要伸进
一片要下雨的天空。

灵武县的树荫

车过灵武县,沿途看到枣树荫。
渴望歇息其间。

像有过亲人,
有过这种树荫。

掠过它们,
可不断确认自身为必死之物。

可有临终的羞耻之心——
不能让送我去机场的朋友停车,
熄灭终点,以闲坐于那树荫之下。

可用几分钟在灵武县的集市永生:
围一堆枣子讨价还价,
装作是每天拥有这些树荫的人。

大 雪

正午,绕过市集
人世,突然安静下来

接下来看到的山林
荡漾着深海才有的波纹

再往前走
熟悉的事物命悬一线
彼岸作为谜底开始喧哗

所有的伺服
不再带有族类和血缘的目的

回头看看
一场大雪被悄悄擦除了
那场纷纷扬扬曾经被全世界证明的雪

不仅已经融化
也已经可以没有下过

秋天的地铁：悼张继军

地铁从地下钻出来。
在秋天特有的明亮里，
对面有一双一尘不染的鞋子。
就在它对面，想到前不久
张继军死了。他的画独自活着，
那些人生的全景，
每一天都变成了线条。
在所有画里，他没提供能进入的一天，
没能提供可坐的一把椅子。
所以，我有时愿意和他喝杯咖啡，
像一个电线杆去爬另一个电线杆那样聊天。
一起结结巴巴地赞美对方
那种瘦削的闲聊，
偶尔使线条管变为列车。
偶尔，也从地下钻出来。
偶尔钻进一个秋日。
就是穿着对面这种干净鞋子，
他从打开的一扇车门匆匆走出去，
不知去干什么，
忘拿了自己的行李。

尺蠖与摩托

我最近总爱说，算了吧，算了吧。
不断说，说到任何地面都不愿意支撑
我的双足。

这是我的第一变：
从天空掉下来的一只尺蠖。
气若游丝。

是在哪里？我能仔细听了听它
紧抱着一个活在耳蜗的人。

我又在那里说，出来吧，出来吧，
反正都已淹死在一条激流。

他们真的来了。不是花朵。
湿淋淋的，去说明返回尘世的必要。

不是四季，因此可以触及花果。
从不提供味觉，装作离你很远。

他们训斥悬停在风中的我
作为陶俑从不兑现血肉，又作为木偶
寻根几无可能。一切仅存于
能碰出细微声响的胸腔。

于是，年过半百。
骨头松脆的老年，我想买一辆摩托，
骤然冲出尺蠖的一伸一曲。

没有别的可能。在最后买到的一本书里，
一位工匠，反复雕琢飞奔的姿势——

在先锋书店这样挂满机车的地方，
我练习了三天三夜。以为已经跨上了最强劲的马达。

孙清，一位既有知识又有经验的店员，
将一杯咖啡倾倒在我堂·吉诃德的幻影中。

那是一个少雨的冬天。捡起一枚枯叶，
我兴奋地说，教授，你听到了油门的轰响？

孙清开始翻读这个疑问的历史。一个帝国，为了维持
它的名词的，那本厚重的病历。

后来，他翻到了一道闪电。

7月3日，暴雨。一只青虫在瞬间躲在
故乡的背面。这种认知不属于劳作的意义，
当它被忽略在类本质之外。它说世间有千万支笔
在剽窃风狂雨骤，只有它的爬动是一种无法模仿的
创作。

摩托车奔跑在这只青虫的危机里。故乡被
克里姆特装上了新的橡胶车轮。这种金黄色的镶嵌
多么不动声色。尤其在祖父祖母合葬的半圆形坟墓里
流淌的日常生活的乳汁，宣告我正在抚摸的这只乳房
是另外一座坟墓。

时间中的一场会议在向我呼救。在它的正确性
的荒原之外，诗句静静等待着
天一点点亮起来。但我没有跟随这一天的成熟。

我知道，任何形式的丰收，都不属于摩托。
用灶灰处理脐带并活下来的老汉，骑跨在
一辆崭新的绿色川崎上。他在拥堵的大街上
看了一眼提供我半生服装的小店。膨大的骚绿色油箱
让他的肉身成为机械短暂的旗帜。

卷烟厂的门卫看见黄金时代的会计走过
他暗藏的匕首。与此同时，马达开始轰鸣。
他看见了飞机。

在一首童谣里，他追赶上了我的祖父。
一位排行老五的民兵正在田头的林荫中
下棋。在孔子的规训里，他接受
自己成为祖父。

片面的祖父死在89岁。剩下的尘世，
是一支乐队维持的一个人鲜活的完整。

摩托车在欧拉颠簸了很久，最后跨越了一面血亲的高墙。
傍晚，一个满身泥点的好汉从车上滚落。他双胯一松，生下一头老牛。

一只被叫作吊死鬼的尺蠖，
就反复摇荡在这头牛的农业里。

桃林中的黄河

一片暮春的桃林中
有我的老黄河

风中落花纷纷
斥责父亲疏于生根，没能留住寸土

在中年疏松的河岸，有些骄傲
已失去了立锥之地

他本想申辩
但消失在这种想法的激流里

桃林间的黄河翻滚
不只是带走他和他的女儿

这片桃林，也被他生下的黄河
带走了

在那深邃的林间，我的浑浊
常像黄河一样清澈

生产之夜

祖母对隔壁家的顽童说，
恁大哥，走吧，回家吃饭。

随后丧失儿童双眼的那阵黑暗里，
我爹生在一个洗脸盆里。

很想在女儿生下来的这个夜晚，
关闭眼睛。让巫师被唱诵带走。

助产士劝说进步和明亮
在产房的门口稍息。
纯洁的黑暗迟迟未来。

一种单纯的经历，
不愿意开始。

后来，我驾车外出觅食。
女儿生下来。黑暗以一种幸福的哭腔
夸奖了一个不在场的父亲。

树梢：己亥春节纪事

除夕那天，菜市场空了
我走到平常买老豆腐的地方，安静站了一会

当你做没有人做的事
就如鸟飞上树梢

想起这些年来，看天空，仅看树梢之上，不及云霓；

身体的空乏,大概只有最后的火才能烧尽

那天的菜市场给我一座空庙
我是我看到的;
我深知树梢上可停留什么

已　经

1

我种下的泥巴
已长出了荷叶和叮咬它的蚊虫

我种下的蚊虫
已走到遥远的雷雨里

千里返乡
摆下供品

当我烧纸,雷雨将至
我有愕然;我有躲闪不及

2

时光那么快
我们是跟不上的

我们的界碑都老了
(墓碑是不老的吗)

那么快
一定忽略了一位妄图长生的老人

我们拆除他
沿着哲学的幻影

我们的工程浩繁
但已被别人完成

3

我如果能回农事
但没有熟悉的人,那些工具,多么可笑

我如果能回故乡
但新生的村巷和它的生机,并不指引童年的道路

我如果能见到熟悉的人
能回到童年

我的仇恨会复活吗
我的菩萨会跟随吗

黑

落日草草
山不断归于黑

生于光的事物
都在认死

那么黑。怎会有山道
怎会走出一个人

此刻,我来自哪里
如此生动
一块石头因我滚下山坡

那么黑。即使是一条伪装成活的鲶鱼
也重新死掉了

是谁目送那块滚石归于静止
而那鲶鱼黑色的动
就像冬季的水渠
高架在深沉的水库上？

东游：悼孝阳

雪又下了
我们用来盛雪的罐子很不一样
但雪是相同的

太阳又出来了
我们曾用力说话，想在玄武湖北岸投下影子
但一切有命的，都曾示弱过

又看见城墙断口处的钢梁很轻
不足以走过越来越庞大的王朝

但你突然走了过去
快得让所有会动的，都停了下来

但另一个你停在那里
被所有人轻快路过了

我对你的路过，也暂时无法不在一种趋同中：
又去寺里拜佛，有些仓促
又与人谈笑，或轻或重

我坐在那里，像个老女人

我坐在那里
不仅低眉顺耳
所有的东西都耷拉下来

不仅乳房向大地低垂
所有的皮肉和骨头
都不想抗拒塌陷
心中充满了路口
允许每一个人通过
在李子的细花里
有一种根深蒂固的灰色应和着我
意识到不会惊扰任何人
一个男子起身走了
留下我的坐空旷
我的坐静寂
我的坐
第一次深深模仿了祖母

皮　箱

"不要写这个（皮箱），
只是和你描述中的我一样。
我不是这个。"

我留下母亲的一只皮箱，
纪念她的离开。

那只皮箱落满了灰尘，
还是一副要走的样子。

一朵刚绽放的樱花手里，
拉着一只黑皮箱。

因她整夜都在打点行李，
我不去车站，不去三月的梅花山。

那里有一些短途旅行消失了，
还有很多东西走出了那只皮箱。

皮箱在房间的角落里生长。
五年后,我写到它时,
母亲似乎轻轻否认了尘世。

蜷　缩

对不起。一棵白菜的蜷缩
我怎么也说不明白
下雪了,我去看它
在菜心处,一些雪像我一样在
陌生人的门外徘徊。那些卷合
娇弱得像是你不敢踩踏的
女儿的命令。而当那巨大的水闸
断然悬空,在枯水期,你只能
和白菜一起,深深蜷缩在更凉白的生念里
那么深,以致牙齿咬到了自己的心肺
在那里,有花朵向自己腐朽的果实躲藏,带着
无名的惊恐而又不敢说明。一棵白菜的脆弱里
有那么坚硬的事物:祖父的火柴被丢进
雨天;洗一床年迈祖母的棉被,又不能
向她解释为什么。当一棵白菜冷冷地面对我
所有能说出来的懊悔,又在雪中
发出继续逃回内室的声响。我领着女儿去细听
一些听到但不能说出的东西,并试图亲吻
她已经很像我的脸颊。她躲避了几次
我也就像一棵白菜,不仅仅是
欢笑了几次,和,抽泣了几次

黑夜搬家

看到夕阳里的一个村子即将搬空,但它
似乎在写我的传记,已写到比我还要
老十年的光景。暮色里,山路不想
伸向远方。它的剩余让人绝望。余生

不想再收拾房间。但村中的流浪汉开始生火，
他的锅里没有什么好吃的。偶尔有阵烟雾
带着父母被子晒过后的那种香味。为什么
要从残砖剩瓦中，学他搬走一个漏水的罐子？
等我滚动这只罐子，经过他的立足之地，
黑夜正在降临。心中的通透慢慢消失，眼前
多出一些衣物、碗碟，多出鸡鸣狗叫、生离死别。
我坐在熄火的汽车上，突然觉得夜长梦多，
人生，似有家可搬。

戴上眼镜，看清楚了鸡蛋

戴上眼镜，
看清楚了手中的鸡蛋。

为什么清晰得全身
只想剩下眼睛？

清晰到一片丛林在蛋壳上升起。
丛林里甚至有一顶旧帽子。

帽子下边，有躲雨的麦子。它们
那么喜悦，挤在干燥的粮仓。

摘下眼镜，鸡蛋又模糊了。
我需要眼镜生下的清晰吗？

不需要。带着一团模糊，跌跌撞撞，
朝不愿意的地方走去。

错失的发掘

一枚陶片说："六朝浅显。"
那再深一些——

时近中午,万物黑沉如土。
听到一把考古铲的凿凿之音。

带着即将被挖出的喜悦,
我成为古陶片的亲人。

我急切问它:"他们还活着?
只是涂满时间的釉彩?"

时光不停藏我,深而不露。
周围没有相同的疑问,没有
可以回答我的任何一个。

所　有

宋朝。
送别的人又在原地站了一会儿。

一个步姿。
去了哪里?

它显然无法走进
鸿爪在雪地上的印迹。

女儿走过来了。步态神秘。
阳光下,一位老侦探跟随着她。

废墟上的西瓜

看见了推土机碾过房檐。完全的废弃。
压扁的街巷,已经在大雨之前交给方志。
晚霞令人骇异。

一棵西瓜于瓦砾中与我怒目而视。
藤蔓,那属于原址的拉力,也无济于事。

西瓜的绝对静止让人惊惧。一道仅存的小镇咒符
贴于宿命的花纹中:除了浇灌它的人,没人敢摘走它。
它缓慢积聚的膨大充满杀机,喝止我继续向它靠近。

踅进废墟边的水果店。西瓜像鸡蛋那样挨在一起:
每一只都服从于祖母的挑拣术:

托于左掌,让右手的敲击经过瓜瓤传至手心。面对询问,
一只西瓜开始忠实应答。那神秘的反弹,只在雨夜里
才有体会。

信息黑暗。一枚被读错的西瓜,曾偶然属于文学:
杀瓜之刀让它生涩的清香如同亲人,远道而来。

老板娘从我的迟疑中夺下西瓜,伴以熟练的中指轻弹。
五次迅捷的弹击之后,坚定选中其中一个——
我拎着它,捆扎好惊恐,慢慢走回傍晚的大街。

无　知

两年前,兄弟指着身上的病,
退缩到最后的立足之地。

他的坟墓就在麦田之中。
他占据的那一块土地,仍可种可收。

我常常感叹法院门口
那些如此悲伤还在做事的人。

像年末贺岁的腔调。
每个人都想起了故乡的无辜和无知,
都热切、神秘。

很难将一块朽木带回家

劝它不做蚂蚁的家,
不与泥土沾亲带故。

不会听的。

得一朽木,
也需杀戮。

没有蚂蚁了。它们的啃噬
还在树桩上爬动。

那些求生的痕迹,魂灵不灭,很难
挤出文明的汁液。

老宅塌了,老米缸已被损毁。
那些籴面淘米的倔强,还在北方爬动。

很少有人喜欢废墟和
坟墓的整齐。

没必要搬朽木,
没必要拆废墟。

那些蚂蚁,最后的爬动,
都稍微快了一点。

为什么要让它们快那么一点?
它们就木入土,别无要事。

冬季的确认

咀嚼冰碴的骡马
过来

于是，它就衔花过来
接着，我喊照片中的人——

泥土在笑
河水中流淌着夏天

我的破碎
在它过来的那一瞬
经历了危险的
不能辨识

比喻颂

1

枯死的文竹发芽了
它的黑暗难以描述

文竹，不再发芽
它的黑暗，难以描述

如同
我的死活，我的黑暗

因为难以说明，我如一盆文竹
在寻求变化时，独自失去本质

2

养花求异
养狗求同

花草像狗一样服从我
狗，像花草一样蔓延

一个游子,不能走到
技艺不能的地方

如今,我走到了
花草和狗豢养我的命运

3

回想我们相像时
比喻扎下的根抵达了深渊

不像时
比喻扎下的根,也抵达了深渊

在汉中门大街一家粉红的足疗店
我看到了崖壁上盘根错节的姐妹

我像个猪倌,一路吆喝,驱赶它们
沿街走回汉语

啊,我爱比喻
骇异而且劳累
劳累而且孤独

文西 作品
WEN XI

推荐语

每一种语言都是细微又宏大、具体又抽象的。于诗,如何调配,如何精准地把控,成为考核一个诗人的重要标准。文西的诗,隐匿、模糊,在明与暗的比喻中回旋不止,却无端端让我生出了叹息和思索。或许女诗人善于侧身观望这个世界,在她的诗中,我看见诗人试图与现实保持距离,却也从这距离中,看见了那个"像一只新鲜的水果"般完美的世界。隐匿即展示,转身即直面,或许诗的伟大正在于此。母亲难写,穷人难写,监狱作为一个隐喻更难写。或许诗人之所以成为诗人,就是因为她具备了在两个世界之间自由穿梭的能力——只有屏住呼吸的人,才能梦到真正的粮食和番茄。

——小引

人有地气,诗人尤其有,女诗人更尤其有。那些动物的与植物的、本地的与他乡的、原始的与文明的、神秘的与祛魅的、晦暗的与明亮的,都在文西的召唤之下齐聚,助力她反身为一个巫婆或者祭师,让她以深植骨血的女性和母性谱系来完成荒古与现代的对接、地方史与全域图的拼盘;而在更为本质的地方,她又决绝地放弃了自己的女性和母性谱系,重以一个本然生命体的律令去审照那些物事的存在。如此,我们也得以在文西的词句中兜转流连,望见那些昂首于一片山野云雾深处的地方风物们,那些趴伏在一个湘西女儿身上的湘西儿女们。

——林东林

文西的写作充满了我们所认为的那种女性的内省和敏锐。这是一把双刃剑,它在某个向度上可能会发掘出更有深度的感受,同时它也可能会限制住写作的广度和宽阔。就我粗浅的阅读而言,她的文字的底色是灰暗的,这种灰暗其实是终极性的,在她的笔下,以一种奇怪的节奏和叙述方式呈现出来;而这种灰暗也是平淡的,正因其平淡而显得更加灰暗。不知道这是不是作者有意为之的效果。这种特色经过有意无意的训练和打磨,可能会成为作者自身具有辨识度的风格。

——艾先

文西显然是一位极具天赋的诗人,每当她贴近肉身运笔时,我们几乎能够听见诗人剥皮拆骨的声音——不是那种塞塞窣窣、优柔寡断的声音,而是刀剪的摩擦与顶撞。这让她的写作具有了相当的难度:诗人必得沉浸在生活的底部或内部,大胆心细,才能直抵诗歌的内核。我总觉得,停留在痛感的写作还是不够的,痛过之后的抚慰,才是诗歌的终极目的。当然,这两者缺一不可。作为年轻的诗人,文西已经用自己的文字体现出了她独特的生命力,接下来,则需要技艺的娴熟和老到了。这是源于生活的内功,时间终究会倾其所有来成全她。

——张执浩

母性史

1

什么隐匿在消失的部分里
根茎缓慢地解体,水拂过
冰凉的前额,孕育的子宫关闭
为了与现实保持距离,猫头鹰
有倒立的眼睛,旁边站着乌鸦
它们的啼叫只与自己有关
雨水在她体内闪亮
衣裙下的髋骨发出回声

2

猫的脊背如闪电,穿过
她的乳房和腹部
她吐露卵子的肉体弯曲,颤抖
到来又消失的猫
弥补了青春期的爱情
幻想在结实的大腿中生长
那是一根钉子,她迟早会拔出来

3

从一个地方到另一个地方
属于她的空间很狭窄
她在其中陷落进去,就像陷进沼泽
当她呼喊,无人前来
她像一只新鲜的水果
将自己剖开,提供慰藉
不断挤出更多乳汁,直到干瘪

4

她会梦见潮湿的山洞

那里曾居住过蝾螈
它们袒露火红色肚皮
在裂缝里悄悄繁殖
被药物杀死的胎儿死在腹中
像一颗又一颗干瘪的种子
她没有看它们一眼，也来不及哀悼

5

她是她母亲的延续
她的母亲，那另一个女人
细小的骨骼像木头做的小床
粗糙的手掌多茧，手指
和存放多年的干稻草一样脆
她的指关节弯曲
一遍又一遍敲击发亮的棺木
听取沉闷的咚咚声

6

始终有来自男权的威胁
一个是她父亲，一只
野兽一直住在他的身体里
她与他保持着距离
以免不小心被他吃掉
只有从模糊的战争回忆中
他才获得了一小杯尊严

7

另外两个，从她身体的通道
进入，又从那里出来
离她这样近，但从没有看过
她内心，不知道她想要什么
不在乎她快不快乐
锁在她身上，钥匙在他们手里

从少女到中年,每当锁孔转动
里面都会响起咔嗒声

8

针穿过她破裂的指甲
她含住指头,像婴儿一样吸
棉麻做成的衣服像蛇刚刚蜕下
的皮,贴住孩子光滑的皮肉
从她身体的黑暗中走出的人
走进一片光晕,光像
鳞片一样散开,将她吞噬

9

她常常听见内心某种东西在破裂
监狱的围墙后,阴影漫过来
老虎钻进成年男孩的脑袋
想要撕裂他,在清醒
与混乱中,他不断摇摆
用头撞击墙壁,驱赶它

10

她要与背叛和解
在散乱的瓷片残渣中
找到一点平静
泡沫覆盖她的手腕
她抓起薄薄的果皮
把它们放到窗台上

11

微光中,她瞥见滴血的鼬獾
脖颈挂在窗框上,骨折的脚

收拢成一团,她看着它挣扎、断气
也许它并不恨她,只是害怕
未来的每一天,她
将和鼬獾有同样的恐惧

12

这么快火焰就熄灭了
燃烧后的灰烬
是她从世界上得到的唯一馈赠
她铺上桌布,摆好餐具
这些餐具被她擦得发亮
她用筷子夹肉和蘑菇

母亲的桃子

母亲面前的桃子,水在
表皮上流动,她从市场上
买回它们,放在盘子里
桃子被光晕笼罩
细细的茸毛竖立在尘埃中
她为生活付出过代价,承受了
失去亲人的痛苦,被不公平对待
从她跨进门槛起,这平凡的
桃子,弥补了一生的屈辱
她吃掉这盘桃子,吃掉了
她的青春,很久以前,她的
肉体和桃子一样发光,柔软
社会底层的母亲,生下了她的孩子
他们将和她一样,受尽艰辛
悲哀没有被遗忘,偶尔从
甜蜜的果肉中渗出来
桃子闪耀,她把它们捧在手掌

荒野葡萄

母亲去荒野摘葡萄
透明的塑料薄膜覆盖
葡萄园,覆盖一粒粒葡萄
就像她紧闭的子宫
把未出生的孩子都关在里面
她粗糙的手指抚摸葡萄
它们光滑,充满弹性
一捏就破,溢出翠绿的乳汁
她将葡萄提在手上
葡萄表皮闪烁微光,她
得到一小部分甜蜜

劈 柴

母亲在屋后劈柴
光皮树被砍出新鲜的伤口
表皮泛着幽光
它们堆在一起,码得很高
到了冬天,上面将落满雪花
风吹着光皮树和她的头发
她握斧头的手已经不年轻
手掌厚实,指关节粗大
她挥动斧头
就拥有了毁灭的力量
很久以前,那饥饿、疯狂的日子
她还是个小女孩
走在饥饿又疯狂的人群中
她活了下来
死去的人都被遗忘
现在,她终于获得了宁静
坐在屋檐下劈柴
她不知道外面正在发生什么
就像不知道从前的灾难为什么会发生

斧头砍进树枝
她原谅了一切
她坐在灰绿色的木柴旁
乳房不再流淌蜂蜜

暗夜情书

这块狭窄的空间
像片沼泽地
你看不见
我是怎样陷进去的
翕动嘴唇
发不出声音
绝望地伸出双手，挥动
眼睛盯着窗台上的
苹果闪烁微光
也许你很关心我
但不知道我在哪里
是欢笑还是受苦
生存让我精疲力竭
很多时候
我几乎把你忘了
暗夜，墙壁中埋藏
的管道响起水流
那是猎物最灵敏的时刻
水声有时大有时小
暴力与温和
两种不同形式的侵略
我缩紧脖子
像一只受惊的海鸥
明天会涌来又一轮潮水
淹没脚踝
以及坚固的身躯
当这个世界的威胁来临
我才会想起你

厨房与战争

火焰在锅底燃烧
这是必不可少的生活
窗帘后的一大片阴影中
有来自雨水的馈赠
洋葱、橘子、苹果皮
和刚刚解冻的小刁子鱼
它们柔软的体内
富含幻想,充满慰藉
又毫无保留地提供出来
让日子持续下去
天气干旱了很长一段时间
早晨,刚下过一场小雨
新闻里是北边的战争
逃亡路上的狗舔着死人脚后跟
门前的树叶摇晃
破碎的梦境被带走
平静的厨房喂养饱受磨难
的一生,从这里开始的
生命将回到灶台下
蜷缩成一团,像一只安静的猫
挂钩上,挂满闪亮的厨具

蝉的陨落

一只蝉重重地摔下来
仰面朝天,脚在空中挣扎
终于,翻了个身,安静地趴着
它身体结实、健壮
眼睛光滑
蝉翼透明、轻盈,像是世上
最珍贵的事物

古老的纹路没有记载时间
旁边是一簇枯萎的花
它的生命要在这里结束了
还未过完的夏季、暴雨、飞行的路程
将一同消失
它已经度过充满辛劳的一生,伴随着
饥饿、恐惧,忍耐了一切
现在,它要听从召唤
在最后到达的土地上安眠
这副空荡的躯壳里,保留了
最后一瞬的痛苦

闪　电

独自行走的小白猫
身躯瘦长,脚步轻盈
穿梭在树影下,黄昏的光线中
和巨兽一样沉稳、傲慢
偶尔抬起圆圆的头,回应
一声戏谑和叫唤
睡着的白猫垂下眼皮
被风中的落叶吓了一跳
猫从不关心人类的命运
即使窗帘后营养不良的脸
和它一样渴求食物
饥饿的恐惧从祖辈起
延续了半个多世纪
还在年轻的胃里燃烧
这最亲密的邻居,无意间
才会轻轻叩响紧闭的玻璃窗
它在世界上徜徉
不是臣民,也没有国度
当它闪电的身体扑进草丛
总有一只更弱小的昆虫
卡在发亮的利爪间

囚　禁

猫被囚禁在这里
橙黄色的毛在空气中燃烧
它用火焰焚毁自己
光亮中是它矮小的身躯
肉垫中的爪子在岁月中
磨损，纵身一跃捕捉猎物的
本领像投降的士兵败下阵来
它年纪很大，比人更衰老
因散步的罪名入狱
时钟淹没记忆和名字
这个世纪刚开始没多久
睡梦中的人梦到了粮食和番茄

出　逃

猫把鼻子埋进枯叶堆，翻找食物
黝黑发亮的脊背高高隆起
耳朵贴在地面，听另一只猫叫
历史上的第一只猫，一定也像
这样专注，信任自己的才能
不愿意奉承的生灵
暮色中，穿过喘息的城市
从巢穴中涌出悲伤的面孔
潮湿，闪烁着铁的光泽
它们的祖辈生前像一根痛苦的
蒺藜，结满沉甸甸的果实
猫脚步轻盈，不言不语
它抛下秋季的人群，越过边界
往远离城市的方向
越走越远，像最后一只猫

1958年的照片

1958年的巴黎街道上
男孩胸前抱着一对酒瓶
深色的瓶子里，晃动的
液体正在舔舐柔软的木塞
就像最初的鱼类爬上陆地
短裤和皮带勒紧发育的骨节
一双做工精致的皮鞋，闪耀发亮
这是战后以来收到的礼物
来自中产阶级的父亲
或者母亲，她在厨房中洗碗
瓷器边缘的手指沾满泡沫
街道在漫长的动荡里恢复宁静
男孩仰起脸，皮肤被阳光晒热
他已完成平凡光荣的任务
此时，他并不知道半个世纪后
在东方的街道上，一个和他
年纪相仿的男孩手里提着菠菜
破损的根茎和叶片缠绕在手指间
在他另一只胳膊上，挂着一只玩具

现实生活

我推开公寓窗户
塔楼的钟声照常响起
尽管暂住这座城市的穷人
在地铁口徘徊
船在干枯的江岸搁浅
大桥漫无边际
等待放行，就像等待
这个世纪结束一样久
我看见珠颈斑鸠在屋顶上踱步

咕咕咕叫唤，每天如此

龙　虾

龙虾被拧掉了脑袋
密密麻麻的龙虾脑袋
多肉的躯体将被吃掉
这个贫穷的种族，努力繁殖
世世代代也没有摆脱相同的命运
从水里打捞上来，装进网兜
在凌晨的卡车上颠簸
坚硬的外壳是它的盔甲
它用它对抗这个世界
从同伴身上掉下来的龙虾
在那一刻看见了自由
挥动钳子，马上又被抓回来

士　兵

她的父亲
坐在院子里编背篓
竹子在刀刃上
破开肚腹
他想起他是一个士兵时
如何越过贫穷的山脉
跟那么多人走在一起
听从命令，杀死
一群不认识的人
他老眼昏花，眼睛贴在
竹条上，看着竹条
从一个孔穿到另一个孔
结局他已记不清了
从那场战争中
他获得了尊严

他手里的背篓编了一半
一个完整的底部
没有编完的竹条
像手指一样高高
竖起，指着天空

它们都在该在的位置上

所有东西都被妈妈收藏
小学课本、获奖证书、书包、铅笔
袜子、围巾、手套
还有寄回来的书
她一本一本擦净灰尘，而她只认识几个字

我没衣服穿时，她从箱子里拿出旧衣服
皱巴巴的衣领，袖子也短
我看见童年的自己
她站在太阳下做广播体操

那些被丢掉的能抵御时间侵蚀
和当初一样完整
永远鲜活
在她手里每件物品都有价值
它们都在该在的位置上

疑　问

穿过秋日的田野
并不是什么都消失了
小路被草丛覆盖，传来虫鸣
河流还没有干枯
岸上开着藿香蓟、鳢肠、愉悦蓼、千里光、一年蓬
山峦上的星子从来不说话
它们就静静地在那里

全叶马兰

小蚊蝇停在我身上
淡紫色花瓣多得像日子，数不清
我熟悉这片土地，它可从没热闹
没有人欣赏我也会在夏天和冬季盛开
对我来说，人或野猪从我身边经过
是没有区别的

翅果菊

颜色暗淡
根茎被风折断，冒出白浆
这是我与世无争的一生
本来我可以更安静些
你们发现我，给我起了名字
可你们了解我多少呢？
我也并不了解你们
比如争斗，掠夺
爱，然后毁灭

闺　蜜

她完美
挑不出瑕疵
对世界举止得体
她的朋友
都是体面人
她在餐桌上
教孩子讲规矩
她心善，在路边买秋葵
诚实守信，道德
几乎高尚
有时，也拜访高僧

她越来越完美越来越完美
偶尔
像个小女孩跟我走一块儿
我想摧毁的
她在不断
坚固它们

兽的失踪

它的肉体挂在树枝上
脚指甲一瓣一瓣落
鸟啄破它的耳朵
蚂蚁穿行脊柱
腐化的皮毛下
骨骼暴露
组合完美的肋骨
缩紧的髋骨弯曲
圆圆的膝盖像白蘑菇
一双脚让人怜悯

姐姐的豆腐

她往炉灶里加柴
慢慢煮
慢慢熬
摧毁那些豆子
她的机器
流出豆浆
她用布过滤掉渣滓
过滤掉她多余的生活，得到了
想要的豆腐
柔软，温暖
可以握在手中
但是现在

她的豆腐
不知道卖给谁

阴雨车站

空荡荡的车站没有人
他们突然冒出来
又突然消亡了
就像来到世上，多余又奇怪
我喜欢的车站没有人
钢筋哐当哐当响，雨落下来
火车停在远处，永远不会来了
生锈的钢铁，像雪一样消融
不是我的腿要走，也不是
大脑命令我
有些东西，不能跟人说

喂　养

我要毁掉一些食物
总有一些食物要在我手里毁掉
一生中不知道要毁掉多少食物
这根莴苣，被剥皮丢进锅里
红红的番茄被粉碎
还有洋葱、胡萝卜、姜、山药
芋头、西芹、紫甘蓝、茄子
姬菇、秋葵、西葫芦、泥蒿
茭白、莲藕、蒜、豆芽、辣椒
它们在这里
我切割它们，没有任何怜悯
我用它们，喂养我的肉

洗 碗

炉子上的水
咕嘟嘟冒泡
她坐在旁边听着
听了很久，才提起
铜壶，从火炉旁走开
她把开水倒进洗碗池
擦洗那些脆弱的瓷器
垃圾和渣滓爬上她骨头
她用沾满油污的手
打开橱柜，放进碗
关紧橱柜门
这个无私的老女人，洗完了她的碗
屋外的大雪盖住了群山

爱情寓言

雪落在门外的鸟巢上
我在小木屋里燃了一炉大火
这么多年，我在火边
做梦，在火焰中看到语言
雪融化的时候我走出门
光和神正在从地上消失
门外的树叶被风吹响
那里有爱情的秘密
有一天你变成一颗松果
万物凋零，你在寒冷中摇晃
我的眼睛一点点瞎掉
只能听见最后一点声音

水鸟王国

白色水鸟钻出草丛
在岸上行走
它将喙伸进水里，没有
捉住小鱼，它并不失望
接着伸展开翅膀
掠过水面
浅黄色的爪子悬在空中
它已承受了太多孤独的日子
和无法说出的痛苦
阳光照着五月的湖
它在水面自由地飞
飞行的水鸟张开嘴巴
露出柔软的下颚

亲密伴侣

墙角，长着一丛芭蕉
石榴树开花了
常青藤沿着院墙攀爬
我早早起来，独自穿过院子
一只鸟从树枝上飞下来，落在石板上
青灰色的羽毛，白尾巴
它高昂着脑袋，在地上踱步
我走近，它扭头看我
那一刻它认出了同伴
在它眼睛里，我看到自己
我们一起度过这个早晨
好像世界上没有其他人
也没有其他鸟
它不用和我抢虫子吃
我也不必讨好它
我恨哪些人，爱哪些人
它将为我保守秘密

它的世界是弱者的世界
我的世界不用解释
我们不说话，不看对方
我坐在大理石台阶上
它在踱步，偶尔扇动翅膀

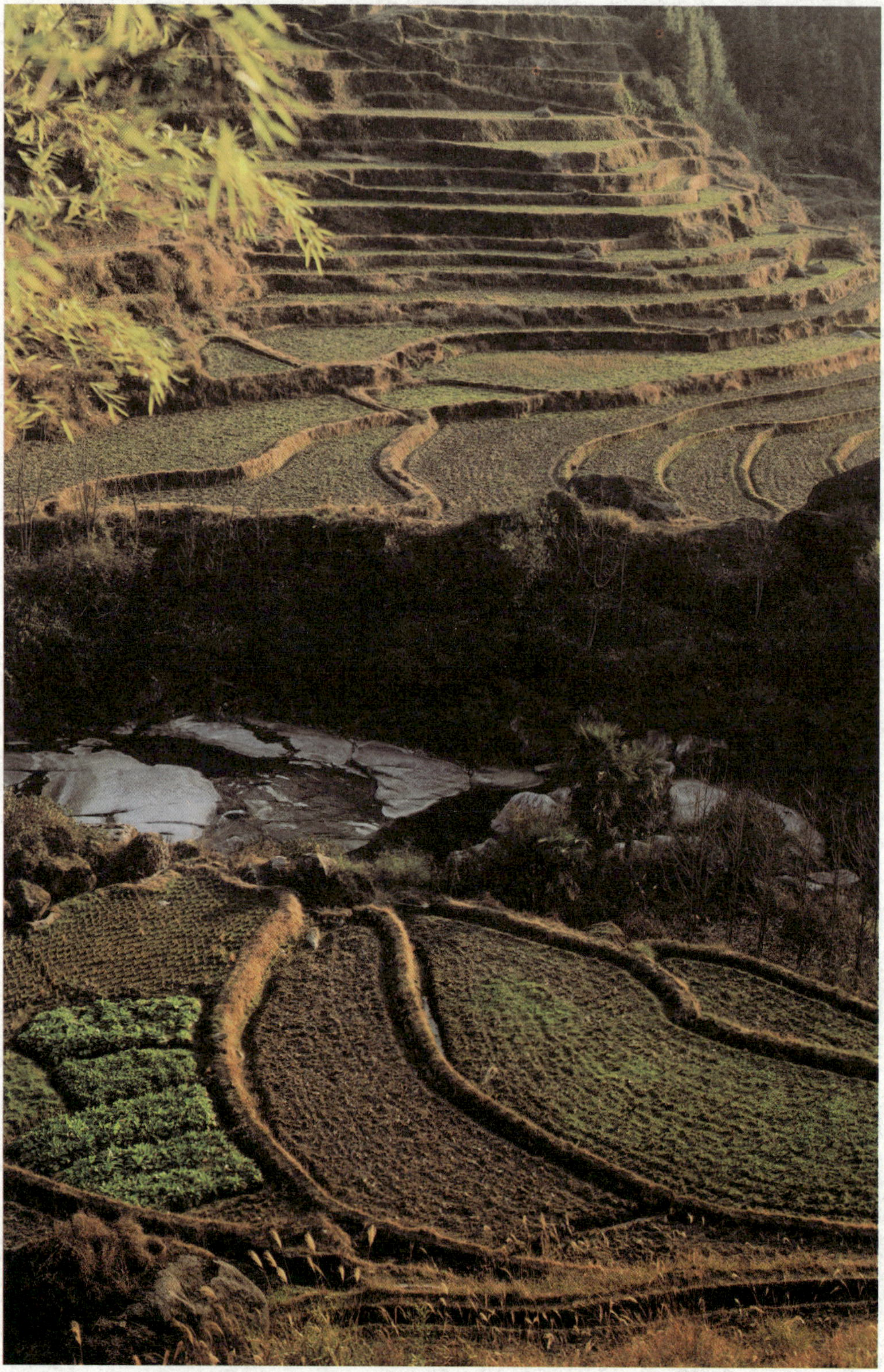

诗选本
Selection

江非　衣米一　傅浩　周瑟瑟
金王军　霍香结　沙冒智化　苏仁聪
陈翔　陈丹　陈渝　龙少　若颜
李路平　王少勇　贺蕾蕾　张一兵
何里利　杜鹏　曾冰　易水寒
李真不弱　李外　不识北　尹伊
王小拧　青小衣　马拉　阿煜　龙双丰
王清让　郑泽鸿　郭建强　黄明山

江非 的诗
JIANG FEI

黄 昏

一只吃草的羔羊,它在
抬头寻找它的父亲
可它的父亲昨天已被一个屠夫牵走了
它的目光和我碰在了一起

公 牛

它走在前面

因为那些青草
它们味道不错

将头低下去

一卷一卷
直至山上

压住整个山顶

茅茨湾河

夜深的时候,侧耳能听到外面
那种连续的嚓嚓声

那是肉体与某种硬物
碰撞的回声
冻结了整整一个冬天
不安的花鲢开始试图用巨大的头颅
撞开厚厚的冰面
向人索要自由呼吸的权利

下　雪

下午又下了一场雪
牵着一条狗向野外走去
田野上一片安静
茫茫的白雪覆盖
快到果园时停了下来
前面是一片公墓，安静得
已不容人踏入
被更厚的雪覆盖

等　待

等了一夜你也没有来
不再等了
我出门把一盆兰草搬进了屋里
天已经很冷了
别让门外的夜霜将它打坏

雨季到来前

雨季到来前
一个陌生人
来山谷中
住了整整一周
他把帐篷搭在一棵栎树下
偶尔会去溪里打水
砍下一些枯竭的松枝
整日一声不吭

他走后
没有人再进山来
他留下了
一些痕迹
一个瘦长的空洞
和一个圆形的灰堆

干旱之季

多日无雨,连绵不休的蛙鸣声停了
水泵开始咆哮
下午,一辆装满了钻井机器的卡车
驶进了村子
狗伸长着舌头跟着
鹌鹑和野鸡已无处藏身
几处荒地
开始冒烟
小心火

傍晚之鹰

喝足水
在天空上戳开一个小洞

靠两只炙热的翅膀
悬在海南省上空

比最高的桉树之冠
高出两百公尺
又二十公分

它来了

我在哪里

我走了很远的路
现在我坐下来休息

我吃了刚从树上
摘下的两个莲雾
我感到有些幸福

我坐在一条滨海公路旁
在海南岛
我在海南省

突然有更多的爱
要给予自己

一本书

我想一本书中应该有关于松树的描写
松针坠地
松鼠在地面上拾捡着松果

溪水也应该在
从山岩的罅隙中缓缓渗出
流经山腰和底谷
要翻过两个页码

还有一位问路的人
去云坳村怎么走
哦,爬到山顶
沿着青色的山脊一直走

你不是一个远道朝圣的人
没有带着空无和虚心
今天下午你到不了那里

秋后的事情

要给悬空的窝棚
加固几根木桩
秋天快过去了
果园里已经没有什么果子

要当心今年的雪大
会将棚顶压塌
一整个夏天都未能钻过篱墙
它们已经和你结了仇
那些愤怒的畜生
要提防它们深夜
来将窝棚拱倒
还要在棚子里铺上些干草
把梯子也要扎牢
严冬之中，总会有
想要避避风雪的人
也许他远远地
就会看见这儿有一片果园
冬日的果园里
种果树的人已不在
已没有果实可以相赠
但还有基桩矗立
窝棚为他人高耸
要倚着木桩
等冬天过去
绿灯亮起
春风吹来蜜蜂和野雁
果园里再次春暖花开

种　豆

将草刈除干净
又在那里撒上豆粒
豆粒太小
每次弯腰时
它们都会多掉下去几粒
但我不会伸手
把它们从坑里再次捡起
一小块麦茬地
在沟渠的边上
在一排高高的杨树下
以前是一片
只长茅草的荒地
如今我把它带回了

献身于人的日子
一次一次
在薄暮里俯身撒下的豆粒
那么小
每一粒
都像一个闭着瞳孔的
小小的眼珠子
我不知道它们
有多少会在夜里张开瞳孔
有多少
会永远被那土坑埋住
未来的豆苗也许很好
很稠密
但那些路过的鸟儿
也会一只一只
在长长的夏夜里
用它们的喙
把我爱过的事物啄得很稀

人没有另外的一生

我已不能再坐在灯下
你是制灯的人
别再把你的灯卖给我
我只能躺在黑暗中
我死了
这就是我的一生
我没有另外的一生

衣米一 的诗
YI MIYI

婴 儿

1

像豹子一样
扑向你
在最爱和最恨的时候
其他时间
像人一样活着
不悲不喜
听从圣人的教诲
此刻像婴儿一样看事物
此刻我正抱着
一个婴儿

2

第一次带婴儿出门到
楼下的园区
我说是带他去旅行
第一次带婴儿坐车我说相当于坐飞机
去800米开外的商业区
我说相当于去上海
去1000米开外的街对面
我说相当于去北京
去东京,去纽约,去巴黎
在婴儿那里
世界的大小几乎没有意义

3

婴儿在没有学会说话之前
先学会了笑
在我低下头用
嘴唇一边亲吻他的小手一边
说爱他的时候
他咧嘴笑了。我还不敢用
我的旧嘴唇去
亲吻婴儿的新嘴唇
我还不敢让婴儿的新嘴唇
去亲吻古老的
土地、树木、河水和山石
婴儿在学会笑以后
将会看到这一切
然后认识,然后热爱
然后熟练地
使用他的哭和笑
然后,他将亲吻他热爱的一切

4

出门在外
想着婴儿
觉得什么都比不上婴儿美好
又觉得婴儿能将美好
变得更加美好
婴儿还没有学会走路
就学会了追光
哪里明亮他就望向哪里
婴儿趋向光的时候
我想到了神
神如此具体
神以光的面貌出现

5

吸吮,这可爱的动作
我已经遗忘了很多年

遗失了很多年，遗弃了很多年
婴儿与我相反
婴儿沉迷于吸吮
清晨醒来的第一件事是吸吮
夜晚睡前的最后一件事
仍然是吸吮
吸吮乳头、手指
随手抓到的物件
婴儿吸吮着，将世界
还原成一个乳房。婴儿吸吮着
含着这个乳房一样的世界

6

找不到乳头的婴儿
会哇哇大哭
一直找不到乳头的婴儿
被认为是不幸的婴儿
我亲眼看见
一只乳房如何被婴儿的哭声
唤醒，变成一只
饱满、圆润、多汁、甘甜的乳房
我亲眼看见
一个嗷嗷待哺的婴儿
如何被喂饱，被满足

7

抱着婴儿在地下车库时
突然感到一阵恐惧
为地下车库的阴暗、封闭而
恐惧。如果这里
突然失火，如果这里突然进水
我该如何保护婴儿
我往哪一个方向逃生
才是对的？四周的车静止不动
仿佛不需要方向
也不需要出口
婴儿睡着在我的怀里
和平在他的睫毛上，鼻尖上，嘴唇上

在他轻如丝绸的呼吸上
我在看不见的危险中
以没有人看见的方式
反复练习呼救、求救、施救
练习在危难之中
如何突围将婴儿带到安全地带

8

婴儿仰卧
这个姿势持续了较长时间
差不多四个月
他会抬头了
突然有一次
他将身体翻过去180度
仰卧变成了俯卧，为了这次成功
他练习了无数次
白天、晚上
甚至睡着了，身体仍然在不安地扭动
甚至会因为做不了这个动作
婴儿哭起来
他有与生俱来的哭
以及，与生俱来的渴望
他必须这样
翻身，爬行，坐起，立起，行走

9

婴儿被越来越多地带到户外
但不会去得太远
就在住所周边
婴儿就看到了河，看到了湖
鸟的声音无比清脆
呼应着高处的云朵
似乎云朵也能发出同样的声音
婴儿被抱着
抱他的人想
婴儿到底能看多远呢
婴儿到底能看出几种颜色呢
尽管如此，抱他的人

仍然会对着婴儿说
河在这里，湖在那里

10

婴儿被越来越多地
抱去人群
婴儿不需要选择人群
而每一个人群
都会被他擦亮
多年前
我为一个还没有出生的婴儿
写了如下诗句
一个婴儿，多么干净
即使放他在水里
即使抱他去山上
即使把他搁在人群中
不让返回
他还是照样干净
都不能让他完全消失

失败者

我尤其重视写作的
记录功能
都说历史是由胜利者书写
是的，但我是失败者
我用失败的笔，写失败的那部分

傅浩 的诗
FU HAO

像植物那样活

去年种的西红柿
经过一冬
开花了
暖气还没停
窗户不开
没有风
怎么授粉
只好强扭两根藤
没有经过它们同意
它们没有表示异议
也没有表示感激
几天后
其中一朵花瓣枯萎
像绉纱的淡黄裙子下垂
下面隐隐鼓起
怀孕的肚子

重 合

这世上没有两个人完全重合，
你和我也只是仅有部分交集；
这部分虽小但美好彼此适合，
丑陋的大部分我要留给自己。

那时的山水

那时的山水
是淡墨的岸线
浓墨的苔点
似有若无的云气
空白的天地
那时的山水
是平远高远深远
移步换景
一步一景
可游可居
那时的山水
是尺树寸马分人
完美的比例
那时的山水
是真山真水
人真少
没有钢筋混凝土
那时的山水
是亡命之徒可以
窜迹求生的江湖
是横议之士可以
躬耕苟全的南亩
那时的山水
是隔着一层纸
明明看得见
却无法抵达的
另一个世界

旧句拾遗：二十世纪八十年代

那个时候的圆明园遗址仍旧是废墟的样子。
一群谈诗歌的大学生席地而坐，慷慨激昂；
一个捡破烂的老太婆从旁经过，若无其事。

与朝阳的短暂相应

　　　　西
　　　　　行九步。
　　　　静立。转身。
　　　东行九步。静立。
　透过爬满忍冬藤叶的
　　花架的菱形格栅
　　　中间一个缝
　　　　隙，我
　　　　　的
　　　　　眉
　　　　　心
感到朝阳温煦的触摸。

后　怕

忽然回想起：
三四岁的时候，
跟姐姐去逛
龙首村唯一的一家商店。
一个排队买东西的
穿灰布中山装的瘦男人
从衣兜里掏出一小块
貌似冰糖的东西
伸手递向走到近旁的我，
说："小孩，吃糖！"
我还没来得及反应，
大我不到三岁的姐姐
就一把拉起我的手大喊：
"小浩，快跑！"

直到今天我都不确定
那人是否有恶意。
那年头不像现在，
普通人家家缺钱，
不缺孩子。

故 乡

读研放假回西安的时候
来串门的邻居C姨说
咱们这儿都盛不下你了
好像我是某种植物
需要换盆了
这样看来
故乡就是某种
为了长大
不得不离弃的东西
就像甲壳类动物
在成长过程中
必须蜕掉的旧皮
她的养女长大了
在杂货店当售货员
前两天傍晚喊我去她家
问我学打字可好
她养母借口去邻居家
打麻将避开了
在那小瓦数灯管
昏暗的光亮下
仿佛十几年
没换过的竹皮凉席上
我跟她单独对坐
找不到更多话可说
也不再有小时候那种
喜欢她的冲动

周瑟瑟 的诗
ZHOU SESE

屈 原

瑟平生一次见到屈原
暴雨如注
他下巴蓄一绺胡须
坚挺的胡须
我曾在青年时代蓄须明志
后来半途而废
瑟平生一次见到屈原
屋外风声大作
楚国的乌鸦撞进大殿
白衣长袍祭祀的队伍
头上绑了两圈白布条
屈原目光如闪电
我靠近他
感受到了一股灼热之气
乌鸦在屋里走来走去
枯瘦的骨架披着黑衣
哀音安慰哀伤
我安慰屈原:"不要太伤心了
哭够了的人终会沉沉睡去。"
屈原送我到门外
就像病重的父亲
与我最后一次告别

茶园一夜

太阳已经落山
茶园沁凉
天赐一方石头水塘
茶园倒映其中
蓝衣茶农身背塑料喷雾器
停止了一天的劳作
月亮还没升起
或许隐藏在天边一角
茶园静悄悄
茶叶张开了嘴巴
我躺在茶树之上
四肢舒展,闭目养神
等待露水将我吞没

白　牛

白牛在山坡游荡
缓慢地游荡
因为它们是白牛
与其他颜色的牛保持了距离
它们并不显得高贵
只是显得特别
像白发病人
像染发者
以颜色区别于众人
它们制造白日梦
放牛的老人远远守着白牛
他没有一个亲人
白牛是他的亲人
白牛是他全部的白日梦

乌当之豹

乌当静逸如豹子的心脏
乌当在云贵高原移动

斑斓的花纹，肥硕的腰身
雄性的群山耸起脊背
我趴在乌当的背上
薄雾笼罩，空气里
弥漫大雪的味道
乌鸦隐藏山中
我寻找高原的隐士
乌云在十万八千里之外
它们在急急追赶我的脚步
我趴在乌当的背上睡着了
乌当的体温让我安静
睡梦里我越走越远
一直走进豹子鲜艳的心脏

乌当屯堡

土司我尊敬的土司不在家
我在乌当一家家敲门
尊敬的土司我跑下了马

屯堡人丁兴旺
鸡鸭散布村落
人类繁星密布
我在乌当屯堡摸到一张古老的脸

如果你仔细辨认
可以看见水东文化残存的遗迹
我一声声高喊
尊敬的土司隐藏在乌当哪一户人家

金王军 的诗
JIN WANGJUN

春 雨

好像要下雨了
雨水清凉
内心火热
人世间的万物
叹息又茁壮
这个世界有雨就有人被淋
这是生活的一部分

蜗 牛

雨水落在屋檐上
荒草也在那里
灰色的对联下
靠着空空的靠背椅

猪圈荒芜，依然是个家
墙脚的青苔还留着多年前的脚印
南下的人，永远比北上的多
奶奶的坟头
长满新草

秋叶也不腐朽了
冬日还是暖的
雨后的山冈还在背负着雨的沉重
甩不去，丢不离

又舍不得
就像完整的风必须理解完整的雨
昨天的蜗牛
遇见了今天的你

母　亲

小鹿在清晨的草丛中张望
野花与蝴蝶

水面上浮现出的笑
像无法挽回的叹息

七　夕

躲在葡萄藤下，可以听见
牛郎和织女的情话
所谓七夕
不过是旧家具上的新油漆

那一年
从人民广场路过
亲爱的，我心慌
我们过自己的节日
过人民的情人节
这是珍贵的、艰辛的、踩着动物肩膀上的爱

落　叶

落叶犹如思念
影响了我
白天看见的事实
在此刻颠覆
幸好
还有清晨可以挽救

落叶如誓言
在阳光下微微发烫

属虎的女孩

她转过身
露出洁白的牙齿
啊呜,眼里的笑

保洁阿姨停下手中的扫帚
可能她的本意是担心
在黑夜里扫了我们的兴

我却只记得
月光始终无辜地照着
新安江边的梅花

写给那个女孩

又是从一
数到了十

胡琴里摇曳着红花
红花离开了胡琴

安　放

青稞酒,酥油茶,天上的星星随手抓
野牦牛,西康马,扬起的牧鞭抽落阳

奶渣包,藏红花,美丽的姑娘笑哈哈
纳木错,唐古拉,迷失的心灵归了家

雅鲁藏布江水
流到哪里

喜马拉雅山雪
终将融化

静静的天空啊，永恒的白云
把我埋葬

我想和你一起哭泣

血液里的白细胞、红细胞
像一块块，堆砌的砖
横亘在心中

与新安江并流的还有许多事物
请摁着脉搏
让我以为是你在抽泣

请不要放过
对她的追求
我想起一位姓孟的姑娘

杏　村

打水漂感觉是
一朵一朵剥开了忧伤
最后一朵扎进了湖底
归于平静时
湖面上有青草的味道

想了一下杏子
想了一下杏花
想了一下杏树
想了一下整个徽州
想了一下整个徽州都是你的气息

月亮是我写给你的一封情书

新月，是偷偷的起笔
月牙，是分行
上弦月，是引号
下弦月，是逗号
残月，是个省略号
蛾眉月，我觉得是问号
满月是句号
迎春花，是最后的落款
亲爱的，写好了
我把月亮寄给你

太平湖

一点一横长
一撇到广阳
广阳两个木头人
坐在石头上
没有人会在清晨的湖边怀疑
你看，大一点的雨
就有浊流的侵蚀
愈是清澈，愈见深深的你

咏叹调

春天呦，植物多美好
绿的更绿，红的更红
鸟儿在屋顶，变成了花朵
猫儿在阳台，变成了多肉……
保留躯体的
是爱
是仇恨
是一朵云被另一朵云包围

从湖北的冬天离开
在上海的春天里

你用温柔的手
锁着我的肩膀
问候沉重
"从,哪里来,安康否?"
"我喜欢读三毛,她化作了橄榄树。"
树叶婆娑,人在微笑

霍香结 的诗
HUO XIANGJIE

沉 船

我要挖一艘船,它埋在水里
我挖出船头,挖出船尾,挖出桨
水很深,大片大片的水被我挖伤

我要挖一个月亮,它埋在水里
我挖出蟾蜍,挖出桂树,挖出满天的星斗
水很深,大片大片的水被我挖伤

我要挖一盏灯,它埋在水里
我挖出黑夜,挖出光芒,挖出涌入的荡漾
水很深,大片大片的水被我挖伤

我要挖一颗心,它埋在水里
我挖出雨雪,挖出仇恨,挖出我永无涯际的哀殇
水很深,大片大片的水被我挖伤

我要挖一盏灯或者心样的东西,它在水里
我要把它挖出,我的灵魂的爱人
水很深,大片大片的水被我挖伤

很多次我经过鸟,他让它
穿越梵文的低音区,把鸟唤到

书房窗台,那是一只雪鸟
像神祇的花帕,他就听到他
未曾脱离母体的女儿
再就是坟和长着羽毛的脸
守夜的灵:一块波斯文碑铭
我合上书,召唤那只鸟或
内心的羽毛,不以任何隐喻和象征
鸟落到窗口,当他认真看一只鸟时
他发现自己以及那些
沾上泥的雪一样的羽毛
他一一取出,它们依依落到窗台
经过的姓氏把鸟的声母
换了音韵,他独坐土中
窗与墓碑渐渐离析,鸟落在鸟上

典型性或身体里的对称螺旋体

我想写一种动作,这种动作具有典型性
或不具有,它就是一个动作
时间运动中的一个姿态,可是
在它的祖先那里,它也是一个动作
比如:他或她举手的动作
在他的祖先那这个动作同样存在
我们称这种动作为典型性
它是无意义的,但对现在正在
执行这个动作的他又可能是有
意义的,在更大的语境范围内
我们得把它视作典型性,也即无意义
它的意义仅表示它的无意义存在
以区别有意义的非典型性,如果
这个动作是吃饭,而不是操作键盘
我们就视它为典型性,繁殖也一样
典型性支配一个人的大部分生命信息
这生命如同一棵树或石头的基因

树的灵魂存在于它的每一枝条
并使之复活，怀念我的爷爷

院子里有两棵树
一棵柿子树，一棵丁香树
春节过后，太阳爬回白羊星座的头部
并向天空的最高点升去
爷爷在柿子树上砍下一小枝
又拦腰一刀宰在丁香树上
把小枝插入刀口，放一些
汁液饱满的湿土，包扎好
我好奇地等着小枝慢慢长大，直到
那一年丁香树裂开了花
直到柿子挂在丁香树上，而丁香
仍然结出丁香，爷爷说它已
进行了温柔的侵略，可并没有动根
你看，我们的院子里
有半棵丁香，半棵柿子树

比如，我的书院，俄堡天房
它建在河床的尽头，只剩下石子

由此延伸季候和大陆漂移
如此之外，再没有别的路径，当然
蝴蝶和伽蓝不需要这些
它们不请自来，书院的周围长满
青苔，它们保持着蔓延的姿态
还有一口井，直通静坐者的湖底
那些有着异样文字的书没人动过
目光的痕迹轻描淡写，月亮像太阳
一样穿过阁楼的窗户，竹子
鳞次栉比走进静坐者的心房
阳光，总是阳光，哪怕是晚上爽朗的
月光犹如泉水涤荡着台阶的青色
轻轻地扯疼那些已血性模糊的
区域，漩涡状静坐者的井深

沙冒智化 的诗
SHAMAOZHIHUA

偷走了我

我把心交给大山
大山用残雪来覆盖我的身体
让白,偷走了我

若你从时间中跳出来见我
我在空气里
摘下一朵花,送给你

我把心交给蓝天
蓝天用雷电抱住我的声音
让声,偷走了我

若你从我的心骨里动一下
我在眼里拿出一束光
擦掉,你剩下的迷茫

我把心交给你
你用痛苦击碎了我的心
让痛,偷走了我

若你必须要让一切的痛苦
伤痛到我
请你在我的胸口拔掉你

我不再伸出良心求你幸福
我不再与你交谈
轻不可言的自我

锅　庄

一群渴望中发起的心
在房间里起步
跳起的锅庄舞围着心情
步伐提着身体
高原与乌托邦的世界无关
双脚踩着怨恨的头
一步步走到时间外
时间也与高原无关
所有人的呼吸上打个结
忘记在房间里的倏忽间
一束阳光
把拉萨带到世界最高的一处
亮出了脸

一个早晨的梦

窗口飞走了七只小鸟
都没有留下影子

一场暴雪吃掉了一百多朵花
大米在锅里生长

风的呼吸道被阳光噎着
水在面粉里流

一次性口罩上画了一张地图
心在上面跑

一盏酥油灯的灯芯上
盛开着太阳

在太阳下我们好好开心

我用故乡的眼睛
看完她妈妈脸上乱跑的眼泪

我的耳朵里
有一句没有老去的声音说着你
疲惫中缩蜷的身体
老了我大半个时间
你得了一种二手病
尸体没有留给人类
我把一滴水沾在手心
努力把太阳拉进来撕开
放进一双笑着的眼睛
我们在太阳下好好开心
你完成了活着不能完成的事情
请你允许我
用一块空气
点燃你最后的影子

苏仁聪 的诗
SU RENCONG

在马骅衣冠墓前

墓碑上刻着他的生平,墓碑前有香烟
在中午,玉米和果树环绕,村庄在寂静中
养育流失在历史中的声音。公路一直延伸到江边
延伸到内心那最神秘最忧伤的核心
这个中午不太适宜说话,静默是唯一的哀悼
墓碑前站着一群诗人,有的是他生前的朋友
有的在他死后才开始写诗。我们哀叹
一个来自北方的诗人最终葬身滔滔江水中
一个人要修行多少世,才能在雪山拥抱中安然入睡
他的尸骨随江去到大海,大海永不停息
他的灵魂永远在雪山歌唱,用经幡写诗

澜沧江边的一夜

酒醉后接到父亲的电话
他以为我去了外国
真的那么远吗?
父亲的声音仿佛从另一个朝代传来
苍凉而隆重
挂断电话后我回到朋友们的队伍
孤独袭来,内心奔向群峰
江水流淌的声音被杯子碰撞的声音掩盖
人们在描述欢乐的往事
我只想站在悬崖边
用酒醉后的眼睛观看江水

那是另一种真实，水全部折回来
我们重新经历大毁灭与创世纪

在明永村，写给扎西尼马

扎西回到他的村庄，带着雪山之外的朋友
当车在村口停下，我们贸然闯入他的童年
闯入欢快的异域，闯入石头与森林的城堡
从桥上过去，就进入他的梦境发生的地方
神秘，寂静，心灵受到一击。
山环水绕之地，扎西拿出他的美酒
夏天就要在歌声中向着雪山飞去，夏天就要重新回来
坐在江水浩荡的岸边，听我们讲述一生必经的旅程
我最喜欢一路上那些起伏不定的山峦
仿佛见证了风景衰败，见证了风景茂盛
现在群山依然没有停止起伏，只不过天暗下来
我们在树林中回到古代回到酒酣耳热的沸腾中
我最喜欢扎西的笑，仿佛一个国王终于击败了他的敌人
仿佛随时可能发生雪崩

过澜沧江

此地遥远，超出梦的边界
车在江边疾驰，公路环山，公路直达云层
光阴在江水中折叠、激荡
光阴在波浪之上沉睡
我们这些从城市来的侵略者
妄图带走水之魅影，水自雪山走下
要去我们无法到达的海洋中心
海洋在文明之前出现
水在我们走后继续流淌，海洋扩大
吞噬一万个宁静的村庄

亲爱的

韩东说，亲爱的人中间有一类是死者
我感触不深，我还年轻
并没有多少死去的朋友。也有一两个
夭折的人，总出现在我的梦境中
以后，他们自知无趣，就消失在那
回忆的末端。要再梦见他们一次
已是不可能。他们成了隐喻
活着的隐喻。有时是一个树桩
上面落满鸟粪，却不见人
那轻飘的影子，自此
永远告别。也许要过很多年
我的父亲才会死去，也许不用太久
他打开那扇门
就再也没回来。直到那时我才知道
他终于成了，我亲爱的人
站在生者中间，没有人认出他
那荒凉的头发上有我熟悉那气味
让我知道在迷途中，我要去哪里
那时我明白，亲爱的，这三个字
有点浪漫，却含有更大的悲伤

陈翔 的诗
CHEN XIANG

在夜间超市

两名理货员以钝角的速度
驶过我。他们身高接近，
前面的，比后面的年轻。

横亘在他们中间的，
是购物车绵延的山脉：
灰色的山，坚硬而干燥。

两代人身穿同一套制服。
那磨损的橙色，如果皮
裹住生活最隐秘的核心。

他们要把这些山，驱赶到对面的
地下仓库。这得花点时间：
他们缓缓前行，像佝偻的风

吃力地转动着这个夜晚的舵。
偶尔他们停下，为自己，
也为背负的家族喘气——

一次拐弯就是一次祈祷，
绕开路障就像绕开噩耗。
他们继续走，驱赶自己的命运。

回音湖

水下的世界无疑更加真实。
那辆车停在近处,红蓝闪烁的
灯交替照亮酣眠的植物。
这无来历的夜,内心的黑暗
上升,渗透1/3画布。一根银带
系紧两个相反的世界;
男人穿白衬衣红领带黑裤子
踩住了湖深处的自己。

水下的世界无疑更加真实。
双手托举面孔,张开嘴,
当痛苦变成一记元音,滚向
湖面,又像粒球旋回他的躯体。
那张未成形的脸,绝非倒影
而是来自另一个世界的凝望;
人只能进入一次河流,他无法
像耶稣一样在水面行走。

水下的世界无疑更加真实。
要在这支色彩交响曲中,辨认出
自我并不容易。从倒转的方向
湖水延长了你的一生。水中人
像片落叶紧贴潮湿的蛛网;
当你出神的瞬间,他会再一次
走出湖面,揭下你的轮廓
穿在身上,把你放回最初的位置。

海 床

醒来时,我们已深陷大海。
四面:海水上涌的声音。
身下是船板,如波涛起伏。

爱把我们置于险境。海平面——
光线如遥远的冰川,
影影绰绰。

雪渗入暝色编织的麻布：
大清早的空气，还无人来洗；
天花板上的天空，高且远。

这一片混沌初开的海域：
被单是帆，时钟是舵盘，
你身上众多的眼睛为我领航。

"暝色入高楼，有人楼上愁。"
新的一天，我们将继续躺
在彼此深处，不知忧愁为何物。

睡在海面上，无人知晓。
我们紧搂着对方，
仿佛船在航行。

异化的狂喜

九点钟的太阳射入他的梦。
是时候起身了，去另一个地方。
他用牙刷清洁旧齿，换一副新装束；
躯壳走出房间时，灵魂还留在床上。
没关系；未来只是个捉弄人的游戏。

当下午茶的小推车驶来，
他知道，这是难得的幸运时刻。
这么多、这么小的玛德琳蛋糕……
挤满通红的眼眶。（抱歉，亲爱的，
我并非埋怨你；我还有力气耕作。）

傍晚的食堂：女人怀抱两枚香梨，
像手持一对玩具；无所顾忌地来去。
"他用他棕色的眼睛将她剥光。"①
（女人，你是否晓得，你毫不在意的
模样令人痛苦，更激发我的狂想？）

---

① 引自卡洛斯·德鲁蒙德《米纳斯舞厅》。

走出玻璃门,已是深夜。迎面:风
吹拂这炎夏普通的一日。明月降临,
和此前每天都一样。旋转楼梯
把"有"摇向"无"。他沿台阶而下——
堕入这样的夜色中,忽然渴望熄灭。

陈丹 的诗
CHEN DAN

世　界

教室安安静静
水杯透出一抹蓝光
电风扇转动书页
风摇撼镜中樟树
孩子低头
画下他们的世界
我也是
其中的一部分

天快黑下来的时候

风车把夕阳置入滚筒洗衣机
芦苇过滤五点的天光
夜色泅上白衬衣
日头沉落梦中
一棵黄叶纷披的树投下阴影
阴影从反光镜渗出
被一个路过的人看见

她去了南天门

岳麓大道
红叶李，白玉兰

美人梅，刺叶樱
热闹地迎着光
卖气球的电动车缓缓经过
巧虎猪，佩奇
笨狼，小鹿斑比
挤挤挨挨
饱满新鲜地扎成花束
人力花移动
佩奇逃跑
翻逐在高远的上空
她噙着泪
后悔自己没抓紧一些
爸爸却说，她去了南天门

此　刻

阔大的绿叶，安静的桥洞
日头移过来，人在城市掩埋
必定有一个时刻
就像初七夜晚
你忽然抬头
看见月亮的清冷，看见
狭长的楼栋缝隙
投下你更狭长的影子
此刻影子笔直
向后爬出了一个新的影子

左　肾

走进房间，窗帘卧一条狭长的路
透亮的光流泻
她坐在暗处
"菲利普的机器，好是好
你看这个地方，我无法判断
这是不是块石头？"
她轻柔的声音，此刻如利刃
冰凉地游过我的左肾
"哦，菲利普确实有些地方不够完美

这几年，这些厂家都打入了市场
各有各的优势。"
探头移到右边
她的动作熟练、漂亮
并轻声提示我
将内裤再拉下一些
小腹柔软凹回原状
在这个黑暗的小床上
下一位已经躺下
拉开布帘，光
以黑暗的方式笼罩着我

秋风茂盛

小蜗牛少有地爬出来
在楼梯走了三天
她每天数一数
背包客爬过了几级台阶

广玉兰树摇秋风
白云聚在一起
黑暗就撬开天地
河蚌烘成月亮

长尾黑鸟窜动树枝
极小的树枝抖动
红浆果嗒然落地

多余的玫瑰

七夕节那天
公司给每人都发了一枝玫瑰
自己留着
或者转赠别人
他没有可以相赠的人
猩红的玫瑰
带刺的玫瑰
爱情的玫瑰

他拿着它
上了地铁
好让看见的人觉得
那是谁送给他的
或者他要去送给谁的

画　鱼

一条弧线扣上另一条
尾巴布满直线
写个小3字是嘴巴
再画半个圈
波浪鱼纹漾在笔下
两个小三角是鳍
两个小圆圈是眼睛
把禾禾的手松开
一条鱼就游了过来
停在了此刻
望着鱼的时候
我差点也认不出来
妈妈当年手把手
教会我画的那一条
正在笔下重来

一种斯威特泡腾片

鸟群如豆粒撒来，四层楼一侧
吊床上立着一个人，他推动滚轮
褐色外墙面换了装。白云化作火焰

早晨，饱满的草莓装篮发车驶出
机床设备闪烁：提纯、混合、装模
成为一种斯威特泡腾片
泡腾片扑哧扑哧旋转着
无数粒水汽升起
如同太阳裂变
炽热模糊消融澄澈

陈渝 的诗
CHEN YU

以爱之名

醋意证明我还有爱
亲爱的，你和他欢颜交谈
我就正坐你对面
像被搁置炭火的铁盘上

煎熬。凉风接连吹来
鼓动焰火。凉风的效用
不及你所赐予的
千亿分之一

想起你久未回复的消息
想起你说的自由
我把后背送给你们
对自己进行着虐心的背叛

通 话

我想象不到我以外的场景。
我只能从电话里听到：
今日诞生的父亲和两三个老友
围坐在炭火前，碰杯，
闲聊，四方的嘴嘈杂了一方。
我不是那一方，因为我远在异方，
在独居的出租屋。
母亲是那一方，但没聊几句，

电话转递给父亲。我停顿一分
在父亲开口前开口:
"生日快乐。"支吾得同挤牙膏,
且逊色于父亲的连环话:
"注意保暖、饱腹,别与长夜抗争……"
老掉牙的话术又让我温暖。
但温情不过三秒——
父亲说:"没有其他事就挂了吧。"
电话挂断。
我想象不到我以外的场景,
但我知道,此刻的父亲是开心的。

牛 排

我是个挑剔的食客。
我面前的餐盘摆放着诗歌。
美观并不是选择标准。
我一一试吃,
如同品尝刚端上的惠灵顿牛排;
切下其中一块,
鲜软的肉质还夹杂血丝,
放进嘴里,荤腥流窜到肺腑。
索性直接扔掉,
像清理飞进眼里的沙。
他们又端上第二块。
切分,有锯木的钝感;
咀嚼时,如老树皮在齿间。
索性直接吐掉。
现在,我面前摆放着第三块。
同样切分、送进嘴里,
鲜嫩的肉质,越嚼越有劲;
流出的汁液,不油不腻。
熟度刚好五分。
至于我没吃牛排的时候,
我是一名厨师,
在白纸般的灶台制作牛排,反反复复。
丢弃的食材像丢弃的词语。
留下的,是适合我挑剔的胃口的。

再度父亲节

我开车,载着父亲
和爷爷午饭之后,离开县城
回到承载我们童年的
长兴水库。再往上
老房子俨立,在山水间
门扉紧掩。我站在公路边
大吼一声,回声应我
现在,老房子在过去那里
是被抽空的容器
每逢年节,我们才会回去
像外出的孩子,回家探望父母
更多时候,老房子在守望
其实现在也还好
父亲年过半百,不时回到老房子
种些李子、蔬菜
清理屋后阳沟,防止泥流将它推倒
父亲说,这是爷爷嘱托
不管怎样,老房子不能倒
他又叮嘱我
然后换上筒靴、旧烂衣衫
扛起铲子和竹篓
朝阳沟走去

时　　间

我在房间里摆布着时间
客厅、书房、卧室我常待的地方
都有它们的踪迹
我被时间包裹
我就在时间里活着
时常,我也调控着时间
像对提线木偶施加个人的意愿
我更像是提线木偶
对时间来说
它玩弄我,并装扮我
黑发被涂白,皱纹被印拓在脸上
老年斑七七八八,黏附着皮肤

器官，也逐渐被用得老化
我却无能为力
我不甘心被如此摆布
我依旧与时间争斗
早睡，早起，晨练，晚练……
不过是在时间的手里多争点时间
是啊，我终将失败
而时间，会化作坟茔的杂草
在我头上繁茂

龙少 的诗
LONG SHAO

螺纹里的海

这是大海的耳朵,被时间切割在沙滩上
现在,它穿过洋流和蓝色冰川
被朋友带到我面前,我将用毕生守护它
像守护帆船带来的米沃什的诗意
和索德格朗花园中的星辰
当我走在古长安的石径上
时间作为最好的见证,从亿万年前
到千年之前,再落在一排梧桐的
簇密叶片下,我写下它们
像记录一个故事那样轻松
但海螺和古城经历的过往,我无法体会
我像一片悬铃木叶子般轻微
只在午夜,落满蜂鸟的羽毛
我小心翼翼将鹦鹉螺化石藏在箱子最中间
它载满月光和湖水的礼物
给我以祈祷、永恒和不可言说的
极秘之境 我已在八月的某一天
带着千万年前大海丢失的耳朵
回到长安。

雨来临前

那是傍晚,经过我们身边的绿皮火车
也许会经过我们的远方
远方在哪里

我们没有给出具体答案
可傍晚就那样来了，带着灰色天空
和不明方向的风。
我们在一棵木槿花旁
站了许久，开花是好的
我们总被这适时的美感动
仿佛我们已经历过好多次
现在，我们站在这里
说一些飘渺如烟的事情
火车的呼啸和风声，让我们再次
提高自己的声音
直到我们的沉默对着一辆远去火车的影子
雨珠开始在我们头顶和身上寻找落脚点。

一个傍晚

傍晚没有带来更多雨水
我们从咖啡聊到茶水
这短暂的投机在夏日显得格外愉悦
已经很久没有坐下来谈一件事了
中年后的日子像眼前的杯子
有时空得让自己害怕
我们似乎说了很多道理
又似乎毫无用处
天更暗了一些
我们说到贝壳里的海
和带着波纹的星星
说到一个小女孩的
羊角辫和紫色的蝴蝶发卡
转换后的话题显得更为轻松
我们都是童年的"过来人"
这些柔软的部分时常
唤起心间的另一番思绪
我们小时候也一定戴过类似的头饰
走在夏日街道，那时候天空高远
晚霞总能按时落在我们头顶。

那空空的葡萄架

八月黄昏，国槐花落了一地
我走过时，细小的黄密密地铺满了
灰色石径。丝瓜还在开花
鲜嫩的花朵仿佛我们也与世无争

已经没有葡萄了
也没有鸟儿在此停留
一片空空的藤架上只有碧绿的叶片
和光影交织的安静

我已许久没有留意过这样的安静了
一片小小绿荫，簇拥在灰蓝色的
砖瓦之间，像一只盛满月光的礼篮

我在绿荫下站了许久
时节递给我的宁静，正被微风
轻轻锻造。

祈祷词

九月的马匹已穿过它的领地
落日余晖下沉时带着一万年的苍老
和疲惫。鸟雀在树枝上书写着祷文
这是谁的黄昏即将来临
那未卜先知的孤独，替代我
爱过这沉寂的时间。我想要的已经
于今日之前抵达了我，现在
我想给明天写一封长信
写稻谷、拱桥和带着疤痕的月亮
一些词汇已经旧了
我祈祷我的黎明，这黎明
也是你的。崭新的。

落叶里的海

这是一片被风用旧了的叶子
当我在书的扉页找到它
干枯后的形态,像经年的绢帛
我们说到它的颜色
说到它身体里沉默的月光
和荒芜的海。
一枚叶子将美和残缺递给我
我听见季节落下的声响
像一份沉重的誓词
夜晚已将它的蜡烛举过山顶,磅礴的
明亮带着椭圆形的波浪
我不知道这枚叶子如何在月夜
眺望自己的风帆和大海
作为阅读者,我在另一个夜晚
打开它,我听见雨声响起
而萤火虫啃食过的天空
藏着一万颗苹果。

若颜 的诗
RUO YAN

草原之夜

阒寂的夜色中,我总共喊了你三声
第一句是"喂",第二句是"你"
第三句卡在了喉咙。风贴着草尖

仿佛我们的交谈贴着一个深渊
仿佛黑暗就是我们的另一个家园
在蒙古高原上,落日重重砸进大地

溅起漫天霞光。我们要忍受微凉
的秋天,风用刀子剔净音乐的骨头
马头琴指引星光落在我们中间

上帝一定知道命运的内部蕴藏了多少
离别与苦难,青草年年枯败年年葳蕤
而我们的时光又隔了多少蔚蓝的海水

多少人聚在一起,又匆匆退向天边
像潮水漫过大地,羊群静静吃草的声音
孤独的牧羊人说:那是多么幸福的声音

夜幕下的草原,星光亲吻的琴声覆盖我
一匹夜色中的马驰过草尖,带动的尘土
像那些久久难忘的爱情,闪亮又平淡

在我的词语中养一匹马

我将听到久违的马蹄声，在夜色宽广的
白纸上，我将在词语中豢养一匹小马
目睹它在我的血液中游走，啃食鸟鸣

我将在纸上种下喝水的青草，野花啁啾
河流用波纹刻下多少迟暮的容颜
水面上到处是风的脚印，我的马涉水而过

到对岸去，到你的心灵深处去，从沉默中
拽出一条用月光编织的缰绳，你是驭手
也是整个草原的核心，野蘑菇逃向天边

苜蓿草是你用旧的歌词，雨水落在眼里
彩虹也会挽住你的背影。天地间能挽留的
和不能挽留的，都退向天边，时光生锈

我的词语锁不住你，我的马匹和良辰
涉过夜色，从我的红颜出发，整个春天
都是一把辉煌的锁啊，谁是掌握钥匙的人

谁在弹奏河水，把满月搭在远山的弦上
把我的爱情射向遥远的北方草原
你在夜晚送来的琴声，不过是一面湖水

漫过我的稿纸，时间的影子涂满四壁
如果此生不曾相遇，我的马将没有归宿
如果誓言注定苍老，星星不会歌唱黎明

我用词语喂养的马，终究逃不出这张白纸
我用月光构筑的草原，容纳你苍老的一生
誓言终会剥落，而马永远驰骋在词的背面

十一月的雪花

十一月的尽头，雪花落进眼窝
我此刻读到了寒冰，也读到了群星

秘密的庭院，人间草木绵延无尽
深藏起死亡的惊雷、爱情的旁白

该遗忘的皆已遗忘，那些不能忘却的
是星辰永不长大。有多少秘密藏在心中
就有多少星星的种子在夜里发芽
雪花住在我身体里，从未向我缴过租金

流星划破书页，意味着有些东西
说没就没了。一场雪崩阻挡了情书
是不是这一场雪，推迟了天堂的来信
剧情从雪花的内部飞出，但我不会飞

你也不会。你我只会保持树一样的沉默
傻傻站着，不开口辩解，也不急于吐露苦衷
只要你在身边，执子之手，天堂就不会太远
我的十指就会沾满歌声和花粉，星星的戒指

就会戴在指尖。我知道你会来，但我不知道
你和雪哪一个更白，哪一个比时光更锋利
如果你站在对面，我会伸出双手，用尺子
量一量你心里的苦，和你眼里的甜——

莲叶高举

莲叶高举，是为了把沉重的日子卸下来
把一种清心败火的苦味卸下来
时光那么漫长，与夏日有关的唱词
与旋律，被秋风指挥，隐伏于大地深处
那里有一个不随时光转动的罗盘
在采莲人的身体里静止，像一块磁铁
牢牢被生活吸住。莲叶无非是他的替身
茫茫人世，他觉得越来越活得不像自己
当莲蓬饱满的额头在水中晃动倒影
不知名的秋虫就用遍野钉子般的叫声
在他的心上钉钉子，一下一下，尖锐
而绵密，以致采莲人沾满泥垢的手指
被莲叶划破，他感到与刀子无关的锋利

起风了，妈妈
——致自己的生日

黎明有一副好嗓子
过生日的人会先于大地醒来
阳光透过窗子带来新一天的声音
妈妈，你那边也是这样一幅图景吧
只是此刻，起风了，微微的秋风
但不乱吹，我也小心翼翼
藏好青春。风在一点一点啃食
现在还不能过于慌张，我要从容
应对所有的未知
黑夜与生活哪个更为深刻
哪个更为沉重与诡异
不能解释的命理像镶嵌在化石中的鱼
记忆短暂，却永恒为一滴泪

风继续吹，我眼里的词语
我不能说出它们。我怕一说出
顷刻间便如尘埃般湮灭。妈妈
我们相聚时言语不多，别离后
却又那么努力保持彼此的自尊
吃饭，谈话，沉默，偶尔的挑剔
也会针尖般被时间收藏
那份独有的默契，年年此刻
都会被蝴蝶带来，被凤仙花望见
坚守着晨光的静谧

我越来越像你了，妈妈
但我是只读文件，密码和存根
保留在神的手里。今天是我的
生日，妈妈，祝我生日快乐吧
我不得不说，这是我生命里
永远盛开的一道暗流
从第一日到最后一日
你是我的上游，我是你的
点睛之笔，汹涌在尘世

总有一种生活让我们心如止水

草坡吹绿了,蛇在蜕皮
你的名字在发芽,春天漫过河堤
一场雪崩在梨树枝头刻下时光的奇迹

我想说出我身上终年不化的雪
那些白得耀眼的岁月与它的倒影
保持一致。我看见远处的河水

写下野花和树林,写下草和空气
三只羊在云中行走,有一只落下来
落在纸上,化成词的嘴唇,咩咩叫

我要写下那些漫不经心的美和悲伤
那些甜蜜的细节,我要像蜜蜂一样
去爱那些花朵般的时辰,寂寞缠绕的

空茫的事物,那些不常提到不被触及
也难以描述的生活,让我们心如止水
我要让它们散落成词语,再用日光

将它们一个一个串成珠子:我爱的
和我不爱的,都是我眼里的宿命
黑暗在四周攒积,我在心里给你留了灯

李路平 的诗
LI LUPING

修 路

寒日水枯时,他们
开始修补这条老路
过往的人群多已消失
路面变得松软、粗糙
临水崩塌,越来越小
他们分段浇灌水泥
在木头和胶合板搭起的
模具上钻孔,释放空气
新路仿佛可以承载一百年
多么坚固
它将去何处寻找脚步

清 醒

无数鸟鸣如同风铃
在枝头叮当作响
多么好听的声音
相互碰撞又反弹
像欢快清澈的流水
慢慢把黑夜涤荡干净
多么好听的黎明
透过窗帘,在枝头
将你轻轻唤醒

秘　技

你拥有掌控时间的秘技
痛苦时才对我敞开，让我可以
沿着那条线轴缓慢地深入你
那是长久的沉默
和片刻欢愉，在你的内部
结晶，但我仍旧无法触碰那
最为坚硬的部分，它们
冰冷如梦，你的秘技仍在
最深处发挥威力——让迷宫中的
镜子留下阴影，让我不敢照临
一些白色的雾气升起，成为
装饰，又仿佛无声的指引
未曾破解又消散不见
将我永远困在你的掌心

乡村的夜晚

乡村的夜晚如此寂静
秋天深了，依然还有虫鸣
在窗外响起，犹如合奏
它们的快乐源于什么？
夜鱼在换气时搅动水波
梦鸟惊飞，从一棵树
飞到另一棵树，偶尔有
轻风拂动，走走停停
在夜晚没有紧要事情

你从未如此认真地想一个人

雨水耐心地下了一整个
夜晚，你在黑暗中倾听树叶
被雨水击打的声音，直到
天光降临，多么短促
你从未如此认真地想一个人
一些无法消失的往事

潮水在身体里起伏，与夜雨
彼此消长，多么漫长
没有一声鸟鸣，没有一丝
幽香，没有一道光照亮
你仿佛置身室外，湿冷
孤寂，满怀忏悔之心

蜂鸟鹰蛾

它在花丛中闪移，从一朵
到另一朵，伸出长长的口器
吸食雨后三角梅的花蜜
它的身姿如此敏捷，从这里
飞到那里，无法想象它是
一只蛾子，翅膀由于极速扇动
变得模糊透明，当它在花前
短暂停留时，背部的绒毛
和黄色斑纹才能看清，它更像
一位流连花丛的仙子，品行高洁
不食人间烟火，只饮甘露
不在泥土和枝叶间停留，永远
在飞行，直到随风消隐无踪
仿佛从未来过

马拉河

在一个小城生活多年，几乎
没有去过多少地方，但你仍然
关心非洲的一条叫马拉河的
河流，以及成群结队的角马
每到迁徙季节，它们就聚集在
这里，河水腥臭浑浊，危机四伏
你守在电视机前，跟随镜头
和讲解，观察河边的一草一木
掠食者在水下偶尔显露，窥视
猎物，角马群中还有斑马，它们也
看见了河中的鳄鱼，但必须到
对岸去，必须试探、挣扎和死去

抵达对岸就是胜利,你似乎比它们
更加紧张和恐惧,双手攥出汗来
平淡的日子不知何时消磨了你
的勇气和胆量,你在那片土地上
看到了野性、疼痛和无助
却难以理解希望——
它在角马的身上闪闪发光

找不见的狗

用餐后,你试图重新
找到那只狗
你从屋内转到屋外
从笼子到楼梯间,遍寻不见
你以为狗就应该在周围
守候,随时应和你的召唤
但狗有自己的想法,它
开心时有缘由,悲伤时也有
去处,它独自消化自己的沉默
你因找不见它而平静下来
耐心等待,多么奇怪
你觉得你们其实并无差别

王少勇 的诗
WANG SHAOYONG

紫 藤

街边一个紫色的喷泉
一天里,很多人来到喷泉下

有的抽支烟就离开
有的打几通电话
有的只是路过,拿手机拍照

只有一个,一个二十岁上下的姑娘
坐在那儿,安静地,发呆
紫色泉水,全落在她的身上

曼陀罗

在武侠小说中
她妖艳、神秘
致命的魅惑

在宗教中她象征圆满
是神明聚集之所

在植物识别手册中
她又称臭莨麻
茄科,花冠漏斗状
生于路旁、田边
垃圾堆、建筑荒地

向日葵

一株向日葵就足够让我心疼
现在是一群
山谷里，一群无人认领的孤儿
仰起金黄的小脸

他们一整天都眼巴巴望着
我也陪了他们一整天
现在太阳要落到山那边了
山坡上的牛羊泛着微弱的光
这光似乎来自体内

两个光脚的孩子向家跑去
炊烟在召唤他们
而我，我这个异乡人
正在石头旁蹲下来
试着把身体里的太阳
切成几千份

月　亮

十天之内，我在柳荫湖不同水域
见过这八只小鸭子
它们长得真快，体形大了一倍
一直陪伴它们的母亲
并未因此变老

岸上的泡桐花渐渐褪去紫色
我喜欢站在树下，仰起头
等花香落下来，就像小时候
它们是否也嗅到
那特别的香味

今天我又认识一种新植物——月见草
昨天月亮像吃剩的煎饼边
过不了多久，那些小鸭子
就能长得像母亲一样
不再排着队在湖里巡逻

在那之前,它们是否会注意到
夜空里有块光亮
一直为它们变换着形状

台　风

望着海天相接的地方
我总觉得
它俩一定会生出个什么

天鹅、杜鹃、悟空、蝴蝶
无论是否在海上夭折
都让这些词语
有了庞大的影子

树冠上盛开的凤凰花
在夏日里等来飞翔的机会
我的门窗能否经得住
即将到来的一吻
还是关掉收音机吧

尼伯特骑一匹红马
手持方天画戟
距此城已不足15海里

长江头

两江相汇并没有想象中那样
波澜壮阔
金沙江从下面来
岷江从上面来
一条淡淡的水痕
转眼便消失
长江的名字从此叫起

我生命中也有些这样的时刻
事情悄悄发生,如一条支流汇入
给我新的名字

大江一直流向该去的地方
有时甚至感觉不到
它在流动

秋　分

应该是这样的
风凉了，天空在上升
你从菜市场
提着袋子往家走
想到一件遥远的事情
抬头看到槐树梢
几只斑鸠在你眼前飞走
等一下——
几只斑鸠
在你眼前飞走
你一直记得这画面
天空正在上升的途中变蓝
应该是这样的

贺蕾蕾 的诗
HE LEILEI

一只木桶停在湖边

红马在湖边
垂头吃草
一小口一小口地咀嚼
用味蕾感触青草的鲜香
用双耳倾听自己咀嚼的声音
它有时吃着草像只专心地吃草
它有时吃一口停下来看一看前方
像是等待青草在胃中运行完成
有时它看着草没有吃
像是看着草的颜色纹理
凝视草丛上神圣的露珠
此时它不用奋力赶路
也不用与另一匹马较量
美好的清晨
洁净如纱
湖水倒映着群山和树林
一只木桶停在湖边
它不知道自己为何停在湖边
它像是一只被遗弃的木桶
而红马绕过了它
红马绕过木桶
像一个女人不再
执迷于爱情

我仍热爱活着

海鸥在帆船前飞行
如网如织
有人以为那是领航
此时风平浪静
女人的背影绰绰
她清秀的面庞引诱
如翠绿色的葡萄籽
白色的浪花拥抱着
突起的礁石
帆船不可响应礁石
带来碰撞
我仍热爱活着
有时用左手困住右手
有时用左手解救右手

小雪后

小雪后阳光来了
阳光来了
阳光照着我的头发、眉毛、眼睛、鼻子、嘴巴
阳光照着我的耳朵、双臂、手
阳光照着我的腿、我的脚
阳光照着我的衣服、鞋袜
阳光温润地穿透我
进入我的心
那些腐烂属于伤痕和痛苦的部分
开始变干变硬
成为一个固体
好像一只旧篷
那些新生的属于欢愉的部分
像水的波纹
不停地流动跳跃

三月仍是很美的样子

我们一前一后
走在田垄上
交谈
有时候也沉默
把时间交出去

三月还是很美好的
但你仍止不住叹息
去年匆忙离去
未来得及道别的
你的亲弟弟

我跟在你身后
像妹妹跟着亲姐姐

三月还是很美的样子
有一会我们并排
走在菜花地里
衣襟沾满黄花

眺望亭上布满了
五颜六色的人

枫林客人

马车缓慢行驶在枫林间
车上两个女孩
各抱一个金色南瓜
她们侧耳交谈
微笑着
仿佛有无限欣喜之事

马车慢行在枫林间
阳光在路面挥洒光辉
大方又得体
快乐的父亲啊

牛仔帽戴在头上
赶马车的父亲吹起口哨

三轮车在前面赶路
可看不见车里的人儿
它与马车保持的距离
不近也不远

你到哪里呢
你去找谁
你将停在哪儿
又会再去往哪里
也许在下一个拐弯处
它们就将分别
两只南瓜无法确定
最后的宿命

张一兵 的诗
ZHANG YIBING

周敏家的荷田

湘潭县有个叫周敏的
诗人,他
家门口有两笔青山
万亩荷田
我站在他家荷田中央
的田埂上
呆若木鸡
眼里全是摇晃的荷花
耳朵灌满两山的蝉鸣
再无一丝杂色进来
再无一丝杂音进来
我就想,周敏这个人,应该很不错
他比别人更有底

滚动的梨

几番风雨,未熟的梨子滚落一地
酷热中,发出腐烂发酵的气味

春天,我们在梨树下仰慕
开出簇簇白瓣红蕊的花朵

我明白它的惊慌
因误入而找不到天空

只有那些坚强的梨子
仍挂在枝头，被摘下方修成正果

我替它们的只差一步，感到惋惜
也许它们并不这样认为，它们说：再会

乡道旁的树荫下，搭起凉棚
卖梨人招呼我们过去品尝，一人一个

初夏，花尽果出。像三五成群的孩子
探头探脑，青涩又奶声奶气

在梨树下不敢拥吻，想起俗套的梨的谐音
一只黑鸟在繁密的花丛下惊慌地掠过

立秋，卖梨人走了，留下空空的凉棚
它们说：再会

燕　子

在五宝田村，突遇大雨
我看见斜风线雨中翻飞的燕子
编织它们迁徙的地图
在布村，我又看见它们
立在穿过稻田的电线上
作小步的调整
等着谁将谱子唱出
在古老的祠堂前
其中一只，掠过我的头顶
我认出了它
从四十年前的瓦檐
往我稚嫩的鼻尖，精准地
扔下一枚
乳白色炸弹

在星空下赤裸

在河水里畅游
爬上岸
四周只剩下
黑黢黢的山的轮廓
包裹着
几声残存的蝉鸣
黑暗中赤裸,站立
像一头刚直立行走的猿
连那几片树叶也不需要
语言尚未发生
与满天星光对视
相互疑惑
众目逼视之下
突感羞怯
穿上了干净的裤衩

三　秒

与友人山中吃饭
想来点酒
要留下一人开车下山
只能他喝酒,我喝水,为了不扫兴致
假戏真做,照样举杯推盏,干!
他小抿一口,眉头一锁,咕噜出:啊!
我小抿一口,眉头一锁,咕噜出:啊!
落杯敲响了空山
有几次我把这事给忘了
当一滴水滑入了喉咙
时间卡住了三秒
第一秒:惯性的反差让我愣住
第二秒:索,然,无,味
仿佛吸入了巨大的空
第三秒:如梦方醒,如破灭
如情人必至未至,戏剧反转未转
三巡过后,友人满心欢喜
从未如此细辨过
一滴水的寡淡,我亦满心欢喜

窗

小鸟，立在落地窗前
疏朗的竹枝上，想要飞进来
这是情理之中的事
它扑棱双翅，腾起，小小的淡黄的喙
撞在玻璃上砰砰作响
折返，变换位置，从竹枝上
一再冲击，一再鸣响
鼓起满腹，倾泻激愤且迷失的哀歌

她们都很善良

日落时分
和一位姑娘在农家的地坪上
静静地吃饭
两只野蜂不知为何粘在一起
在半空中翻飞折腾
撞到了姑娘身上
姑娘惊慌失色，尖叫声顿起
跳起来双手胡乱扑打
野蜂击落，仍未分开
一旁的农妇，驱步上前如流星
"别踩！别踩！"姑娘又开始尖叫
为时已晚，它们被踩瘪了
农妇和姑娘，互相惊愕地望着
姑娘悲戚地低下了头，农妇悻悻地走开
头顶群星震颤

何里利 的诗
HE LILI

榕树王国

大榕树年年长，年年年轻
壮汉一个，养着鸟儿虫儿
夏天还有一个蝉宫
组建成一个王国
它是王，有兵马无数
疆域明晰。

从无战争。

冬天仍不关城门
等一个去年离开的人
他抱走了坐在树底下的
一尊小佛像。

现在，那儿空空如也
拿着蜡烛香纸的人茫然四顾。

我只写下这两件事情

阳光沾染上消毒水的味道
母亲穿着白大褂，坐在一张桌子旁
给病人望闻问切。我不太好意思写下她
和其他汗流浃背的母亲一起
挤进一首诗歌里。

那么，我只写下这两件事情：

母亲挎着花布包，走了20多公里的路
从北流走到容县参加考试
考上了柳州市护士卫生学校
毕业后分配到玉林地委卫生室
认识了我的父亲；

母亲临终前嘱咐我
"照顾好你的父亲，照顾好你的大哥
将我埋在老家丛义村。"

2008年11月11号
我们将母亲埋在了丛义村的后山上
母亲是嫁出去的女儿，不能进入家族祠堂
这一点，她在生前并没有意识到。

打瞌睡

他不再走入任何一条林荫道散步
甚至连绿茶都不喝了
只是经常坐在一张藤椅里
眯着双眼打瞌睡。他服用降压药
让血压保持在收缩压150mmHg
舒张压90mmHg以下。
每天晚上他喝下一杯牛奶
这杯液体使得他每晚都要起夜——
他在黑暗中摸索着打开床头灯
这个动作需要花费几分钟的时间
接着，还要在床沿上坐上一会儿
好适应如豆的灯光。他看着窗外
黑夜是一匹老马低垂的头，无力
难以抬起，他必须想办法挣脱黑色的暗示。
他拒绝去超过100米远的地方
走到100米以外的地方令他很疲惫
他再也不喜欢坐车，坐车让他觉着眩晕。
子女们认定他记性越来越差，他对此很反感
他将工资卡锁在柜子里，并且拒绝提早写下遗嘱：
"我还不老，我还没活到老年痴呆的地步。"

这是他对自己最后的总结
在他离去半年之后,我依然记得清清楚楚。

她

她认为自己正在被黎明撕裂
寒风不停地灌入她的身体。
也许吧,阳光还躲在山的另一面
雾气在树尖上停滞不动,有人一直打着寒战。
我们用手拂去迎面而来的风
这个动作没有用,风穿过我们的身体
最终缠绕在她的身边。她喘着气说话的样子
令人不适。她的怨气来自她受的委屈
我们知道那是事实,但是仍然觉得她的声音刺耳了。

树木披着灰色的雾,面目虚妄
山上还是冷,还是令人焦虑。
风将她脖子上的丝巾吹起,蛇一样
在空中扭动,然后落在她的头上
将她的面孔罩住,她成了一个
没有五官没有脸的人,头上一片荒芜
在空中胡乱挥动的手,像是在劫持天上的乌云。

下 雨

不是春,也不是夏
是一天,这一天,天在下雨。
不单单是一位小女子有想法
草原、河流以及另一边的雪山
都像是找见了旧情人。

老巷子里,石兽失声,比昨天温柔
木窗青绿青绿的。被雨弄碎的月亮光
守着窗台,面容惨淡
窗户将它认定为另一个留守者
因此而生成的悬空的想法
一会儿像春,一会儿像夏。

屋里的人走出来
将一瓶酒放在窗台上
等待的人没有来,他不计较
剩下来的半瓶子酒被夜露冻坏了。

晨光之下

天空一下子就亮了,阳光下了凡间
当它来到台阶上时,就是一位坐着的平民了。

老人家在菜市场买菜,亲爱的蔬菜比他们年轻
阳光照耀他们的脸,照出来一道道沟壑
一道道阴影。

父亲的脸也混迹其中,我动了为他补妆的念头,
却找不到合适的粉扑、眉笔……
我只能是干着急。

洒水车实在是无趣,每天唱出《世上只有妈妈好》
卧床的人用耳朵欣赏音乐专场
失明的人用耳朵知道,又一个清晨来到了。

我的思想四分五裂
我披着阳光,却不像一匹狼
因为,心中有愧。

需　要

想爹娘的时候,只能去认一棵树
或者一朵云了。柏树、松树、银杏……
都可以,高一点、矮一点、粗一点、细一点
都可以,都是吃尽了苦头
用尽了力气站好了,然后往上生长。

白云也行,乌云也行,含水量多也行
含水量少也行,都不及我体内的泪水多。
树木离云近,云离树木近
它俩离天堂近,我离它俩
隔着多少个轮回?

杜鹏 的诗
DU PENG

红色气球

在梦里,我回到了童年
在人民公园,我冲着家人闹着要气球,
我只要红色的。
因为我的手太小,太软
所以,每次给我买的气球都在我手里
有着极为短暂的停留。
后来,在我浪费了家人好几块钱之后,
我家人终于帮我把气球系在我的手上。
我高兴坏了,走到哪儿都带着它,
就连上厕所,我的红气球也都跟着我。
我爱我的红气球,以至于担心洗手的时候
会把手腕上系气球的那根
原本很细的线给洗断。
我宁愿自己的手脏一点,
也要让这气球在我身上系得更久些。
尽管如此,这只红色的气球
依然会慢慢地变小,最终
化为一团红色的橡胶,像是一摊血。
直到最后,我都没有勇气
去把那团橡胶,重新吹起来。

这就是那只红色气球给我上的一课:
无论是作为一场梦或一条命,
都应如此,也必须如此。

朱顶红开花了

她说她种的朱顶红开花了
拍了张照发在朋友圈
屏蔽了所有的诗人们,除了我
我说,你对我真好
我要为你种的朱顶红写首诗
就是这首诗
给你
你看,它也开花了
我让他们都看到

寓　意

把所有的路牌
都设计成蓝底白字
是有寓意的

把万安街和兴荣街
交叉到一起
是有寓意的

把面包坊
开到羊肉汤馆的正对面
是有寓意的

这么多的寓意
全都集中在这一个小小的路口
有谁能想到,在三十年前
这里还都是一片片的麦地和水塘
这些已逝之物,它们的寓意
或许依旧埋在下面

我想,只要一有机会
它们一定会从地底下钻出来
钻进这些新建起来的寓意中间
面带笑容
发出声响

白云十四行

一朵白云飘了过去
一朵黑云也飘了过去
一堆云随即跟着飘了过去
所有的云都一哄而上地飘了过去
这是一个炎热的下午,天空中
除了云之外什么都没有
连太阳和飞机都躲了起来
只有云在上面飘来飘去
风虽然不大,但是云却飘得很快
好像它们在争先恐后地去投胎,
不对,是去相亲!
我多想围观一场云的相亲局啊!
两朵白白胖胖的云,被太阳撮合到一起,
它们的尴尬只被我一个人看到。

曾冰 的诗
ZENG BING

七楼的蚂蚁

拖地的时候
发现墙脚有一只蚂蚁
开始很模糊
因为也是一条命
又瞬间变得清晰

我很奇怪
一只小蚂蚁
是怎么爬上七楼的？
得爬多久？
它是怎么穿过人类的大街
避开了滚滚车轮的碾压？
它是如何自我保全
躲过了人类的践踏？
它为什么要离开森林
草地、旷野、清风、甘露
来到这钢筋水泥的丛林？
为什么要离开它的蚁类？
孑然一身，举目无亲
它抖动的两条触须
是向我示敬，还是举手投降？
它于何年何月何日何地生？
它将何年何月何日何地死？
为什么选择中华人民共和国
湖北省巴东县信陵镇
西二路……东单元

七楼……我眼前
为什么不怕我拖死它？
为什么知道我会停下来
做这神经病的思考——
一只蚂蚁
为什么生？
凭什么死？

我这么想着的时候
突然察觉自己
又在钻牛角尖了
于是，赶紧打住
并劝告自己
想那么多干吗
你自己是怎么上来的
它就是怎么上来的
你自己为什么生
它就为什么生
你自己凭什么死
它就凭什么死

痴　迷

我真是无聊啊
用脚去踢一枚石子

我真是无趣啊
石子不见了
我也不去寻找

我真是无所思啊
一枚经年的石子
今天又想起它
依然痴迷于它的落点
像痴迷于一个微不足道的人
今日生死

单　方

父亲在世时
我被马蜂蜇伤
他就采来婆婆针的叶子
揉出汁来，给我擦
蜇伤，便不疼了

今天又被马蜂蜇了
我四处找婆婆针
没找到
最后在父亲的坟头
才找到一株

闲居调

金属的菜盆
可为锣鼓
去往菜园的路上
一个人，就能办一场喜事
一个人拜天地
一个人拜高堂
一个人入洞房
一个人生丫头

我有炊烟一缕
我有瓦屋两间
我有薄田三分
我有鸟鸣百啭
我有蓝天万顷

花草虫豸
皆为亲朋好友
白云朵朵
权当妻妾成群

我与青山，共白头
我与过往，相忘于江湖

数伤疤

又睡不着
索性一丝不挂
开始清点身上的伤疤
就像清点毕生的财富
私处也不放过

被子用被面
向伤疤献花
右腿膝盖下的那块
是狗咬的
我记得那是一只不叫的狗
左手食指上，是刀切的
我记得那是小时候家里
一把很少切肉的刀
左眼角的那道
已混淆于皱纹
是与人迎面撞的
我不记得那人是谁
只记得那时海阔天空
我们却狭路相逢
伤疤最密集的，是右手掌心
一道道，形似指甲
都是做噩梦，自己掐的

我还断过一次肋骨
裂过一次鼻梁骨
没法清点
但我心中有数
我还伤过无数次心
没法清点
但心跳在替我清点
还有屁股上的
也没法清点
但我知道
至少有两块伤疤
每天用内裤包扎
从不流血

从不让人看见
比自闭症还崩溃

一道道伤疤
就像一条条夜空下的河流
我一丝不挂，在那里摆渡
并一次次抵达彼岸

易水寒 的诗
YI SHUIHAN

我想咯吱一下整个世界

儿子咯吱我一下
我转身咯吱他
他咯咯笑个不停
走进厨房
我咯吱一下正忙的妻子
她停下手中的活
脸上有些嗔怒
继而浮起红晕
经过客厅时
我咯吱了一下沉默的父亲
他仰起茫然的脸
露出久违的笑
我独自来到阳台
面对夜空
我想咯吱一下整个世界
却找不到
它的胳肢窝

赴 宴

从北城赶到南城
酒菜上齐
人已入席
唐总是从西安来的
朱总是从山东来的

沙总是从湖南来的
白总是从四川来的
牛总是从山西来的
鱼虾是从南海来的
螃蟹是从长河来的
乌龟是从深山来的
牛羊是从草原来的
飞禽是从天上来的
大家一一见过
举杯欢饮
酒过三巡
唐总开始说法
白总变成了妖精
朱总醉眼迷蒙
牛总呼风唤雨
沙总刀叉相接
我举起一双金箍棒
大喝一声
满桌虾兵蟹将
飞禽走兽
顿时丢兵弃甲
尸骨遍野

我站在封闭的玻璃窗后，目睹了整个过程

这是一座回形的
现代写字楼
中间形成巨大的天井
有一只乌鸦
无意从上面
飞了进来
它想再飞出去时
发现四周
都是熟悉的天空
那些玻璃映照出来的
蓝天白云的影子
引诱着它
一次次俯冲过去
又一次次被弹回

这让它惊慌失措
也让它一次次加大力量
直到最后一次
它使劲全身力气
撞向玻璃
折颈坠亡

量子纠缠

你在微信里说
你爱我
千里之外
我感受到爱的
温度和质感
这是量子
在发生作用
灵魂已被证明
是种物质
我们的爱
是附在上面的
癌细胞

看电影

两个小时的情节
跌宕起伏
历经磨难的恋人
终于走到一起
电影结束后
我才开始真正担心起来
此后平庸漫长的日子
他们该怎样度过

她还在消瘦

母亲切除胃后

最喜欢看
抖音里的
大胃王视频
比如现场一顿
吃一整只鸡
六个肘子
二十个鸡蛋
有时我忍不住
提醒她
那些是摆拍的
不是一次吃的
她继续看
也不反驳
偶尔咕哝一句
他们年轻，能吃

李真不弱 的诗
LIZHENBURUO

七 月

多么难过的夏天
啤酒不冰
西瓜
也不甜
只有可口可乐
永远的可口
可乐

那个美好的夜晚她拒绝解开纽扣

老裁缝告诉我
牛角扣好看又耐用
是一种高级纽扣
用来扣起一些
高级的布料
解开牛角扣的动作也很简单
跟解开低级纽扣的动作
一样

天气预报

一阵风吹过来
总会改变些什么

它不会
也不想成为无意义的风
从虚无
到另一片虚无

风渐渐
大了起来
她张大嘴巴
让风灌进去
再吐出一些复杂的情绪
风啊
你慢些吹
让我的心
没那么难过
难过也不至于
过不下去
该下的雨
早晚会下起来

这不是我等的那场雨
每一滴
都不是

红色的喇叭花

一朵花啊
长在随便什么地方
轻轻打开
再关上
（轻轻这个词
是我加上去的）
而红色
是我看见的

小镇青年

从上到下依次为
头发：不太精确的中分

眉毛：略过
眼睛：睡眠不足的血丝遍布眼白
鼻子和嘴：作为烟雾通道被循环使用
小李
就是这样一位青年
小刘不一样
他转过脸去
拒绝了
我的观察

天什么时候亮啊芳芳

一定
有个精确的点
比如几分几秒
或者零点几度
我们一定可以
算出来
穿好衣服出门
抬头看见
第一束光

雨花台

南京有北京
没有的东西
那是我从武汉带来的
一块石头

李外 的诗
LI WAI

与物游

一人独处的时候想去寺庙
那里的寂静太盛
杏黄色的矮墙又太矮

里面的人不一定全都有烦恼,外面
十二月的枯叶还没落尽
我也有星星点点的中年情绪
需要抛进院墙去

静夜思

每一年都要经过三月、五月和七月
才能到达九月。每一年的九月都会

有树叶从很高的树梢落下
不同的树叶会落在不同的山上
红色的掉进绿色里,绿色的掉进黄色里

高处的叶子总是特殊的,那是树木抛来而不是
你伸手(就可以)摘到的。树木最高处的叶子
总是特殊的。我们也是如此,在最高最深处小心翼翼地
藏着巫术、魔法、一句只有一次性的咒语

从我的树梢到你的树梢,黎明里静悄悄深夜里静悄悄
直到九月的一只飞雀发现我们的秘密

半　空

是啊，我确实不知道接下来会发生什么
已经发生了的那些又有多少将足以改变
我的生活
这些芜杂有了越来越模糊的轮廓

在冬天，纤弱的开始变得臃肿
肥硕的开始伸出细密枝蔓
在冬天，所有露出马脚的事物都会把自己
清空一部分，让另一部分看起来足够明显

海底八千米处的大鱼我不知道它该如何判断自己的处境
上下左右在两千米以下的深海就已经失去了意义
它们中的一些永远不能浮出水面，它们中的一些
永远不愿浮出水面

碎片整理

当我开始察觉到万物可贵的时候
已经很晚了，这份迟钝
还将继续留在我的体内

这些从自己身体里生长出来的东西
难以让人生出更多的抵抗
我厌恶它们的时候也在偷偷纵容它们

花从树上生，也从树上落，人力不能改
但时常是这样。看惯了花在树，留不了
花在树

梦中记

梦里见到童趣之年的自己
以孩童之身用弹弓击落水上蜻蜓
以飞鸟之躯入水不见化作游鱼
以游鱼之躯摆尾向更蓝处更深处
一直游到岸边传来母亲轻声的呼唤

上岸，穿衣，沿着黄土坡走到山顶
一跃而下，落地，脚踝颤抖，醒来。

顶楼日记

这段时间我住在顶楼
晴天闷热，雨天看不到月亮
生活还过得去，忙起来疲惫
闲的时候坐下来
剥开一颗多籽的石榴

静夜思（二）

骤雨突降的时候我刚好走到操场的拐角
看台上聚集了仓促避雨的飞虫
和零零散散的人

几对年轻的学生情侣紧缩着靠在一起
他们的小心翼翼和炽烈
让空荡的操场显得拥挤

我坐在看台的一角。远近错落的
山和树被裹满水汽
矮矮的山顶凉亭消失在雾中

雨水跋涉而来，又在我的肩头重逢
雨水舍身撞向我
雨水轻轻落向我

不识北 的诗
BUSHIBEI

光（一）

如果世界上没有了光
眼睛就没有了用处
我摸到的你
仍然柔软、温暖
而我摸到的石头
仍然冰凉、坚硬

光（二）

醒来的时候
时间开始流逝
太阳越来越大
整个世界更加明亮
后来天就黑了
人们还是不舍
就打开了灯
聚在有光的地方

苹 果

准备好一个苹果
用清水洗净
用水果刀在苹果顶端

削掉一圈
往下
再一圈
直到削完
要掌握好节奏
力度适中
之后就可以吃苹果了
一口苹果的味道
就是一口宇宙的味道
你坐在一把椅子上
吃苹果
很快
苹果就被你吃完了

两棵香椿树

有两棵香椿树
伴随着我整个小时候
确切地说
是5岁至15岁
每次抬头看
香椿树都越长越高
最开始的时候高过了厨房
后来就高过了
整个房顶
在西安，临潼
关中平原之东
东经109度，北纬34度
大陆性暖温带季风气候
那里夏天有大雨
冬天有大雪

大　宝

挤了一些大宝
擦手的时候
看到空气净化器的插座
没有拔

伸手去拔
一些大宝就
粘在了插线上
晚上我去开净化器
插线上的大宝
还在插线上
与早上的大宝
没有区别

暗　淡

傍晚的太阳不比早上的太阳
尤其是太阳下山前几分钟
刚才还被照得闪闪发亮的湖水
现在已经没有了光泽
现在已经暗淡了下去

1月30日夜

向前一步是错的
向后也不对
留下来似乎是众望所归
离开了也并不
影响什么
说下去当然更清楚明白
就此沉默吧
也挺合时宜
随着夜深，杯中的酒
已经凉了

奇　迹

夜晚正在降临的时候
城市的灯光一点一点地
亮了起来
大部分人都回家了

还有一些在外面
这个时候奇迹
正在远方赶来的路上
不要着急
有一点耐心

尹伊 的诗
YIN YI

诗（二）

枯树　绿叶　枯枝
两只鸟飞过田　水塘　马路　湖
再往山飞去

诗（四）

夜十二点四十二
《瓦尔登湖》第二页
音乐声
窗户吱呀响
风一阵刮来　凉凉凉
细小树叶晃　声
黑色轮廓旁　能见无色
烟飘过火炉
飘到窗外

诗（五）

下雨时
竹叶有水珠滴下
风刮着树
雷轰隆两声
走到水塘

那只狗在看我
它蹲在它的小木屋里
新枝柳在飘
旁边是湖
我走过去两次
摸它
雨还没停

诗（六）

各种鸟声传来
雨停了
太阳照着被收割了稻子的田野
这会儿太阳又没了
走几步
鞋底便粘了泥
两只鸟从前面的树上飞走
一前一后

诗（十）

静
静
虫叫
树
瓦房旁是草
一颗星
倒映在水里
被风拉长
哗
鱼儿跳出水面

诗（十四）

中午
依旧去树底下吃饭

太阳照在我的脸上
有一种微热的感觉
这与微冷的感觉有何区别
我要变黑了
太阳会产生黑色素
可是
风吹过来提醒这一刻的闲适
狗尾巴草微微摇晃
雪也反射阳光
我只因别人而想要变白而已吧
旁边两个人在包山药
抬头看白杨树便也看见纯蓝的天
结束了　饭吃完了

诗（十五）

待着
与其他草一样
我也结了一层雾水
月亮旁边只有一颗星
蛤蟆声许久不停

诗（十七）

我常常在路上而忘记行走
直到路人的目光驱使我的双脚
春天应该是到了
路边几棵树开了粉色的花
粉色的花瓣被风吹得微微摇晃
耳朵、脖子和手
也都能感到风是凉的
被忽视的时间突然于我而存在

诗（十九）

天空在花的所有空隙处

花填满手心
手破坏了花
手的触感心满意足

诗（二十）

中午的风吹着晾晒的衣服
枝头的树叶在云前晃悠
阳光照在大地上
我却只是躲在房间

诗（二十三）

空中飞翔两只白鹭
小Z从我面前走过　只是走过
两辆摩托车从我面前开过　只是开过去
这是所有无关紧要的悲伤中的一次

诗（二十五）

外面被风吹动的
挂在树上的破塑料袋
我在焖菜的一两分钟里
看见了它

诗（二十七）

一阵阵寒风吹散了睡意
回家路的尽头只有一盏路灯
与石头聊天的内容大概记不得了
只是刚刚忘记了时间这个名词

诗（二十八）

在飘满烧烤味的空中
花落到地摊布上
花被人甩到地上
风又吹花落下
遍地是花

王小拧 的诗
WANG XIAONING

灵隐寺

风吹过南山路
风吹过灵隐路
吹来一座寺
弥勒笑
我也对他笑

风吹过药师殿
风吹过大悲楼
路过的僧人
手持念珠
不说话，不斜视

心灵感应

雨下得并不大
你撑着伞
手肘隐隐约约贴着我的胸
我走在你左侧
像只麻雀
叽叽喳喳讲个不停

迎面
走过来一对老夫妻
有着和我们一样的动作
我对她笑了笑

老婆婆也笑了笑
我和她
擦肩而过

开　关

午夜
所有的灯早已熄灭
他趴在她身上
先是捻开了耳根处的
那盏灯
随后脖颈、乳房、腋窝、大腿、小脚趾
渐次点亮
这具灯火通明的身体
是夜色里
荡漾的房子
他
推门而入

黑色商务车

每天上班
路过一家殡仪馆
运气好的时候
会跟上一辆黑色商务车
它的车背左边贴着一团火
右边贴着白事热线

我像是车队的一员
行色匆匆
使命神圣
还有可以忽略的短暂的迷茫

病房中

开颅手术后
父亲捡回了一条命

病房中
女儿哭了一遍
又一遍
那个春天
她穿着一条低胸牛仔裙
年轻又唐突
让悲伤
暗淡了许多

死亡，像火一样

冬天的一个傍晚
斯蒂文攥着小茉莉的手
走在西大街上
经过十字路口的时候
绿灯还没亮
他拉着她横穿马路
走到路中央的时候
他们停了下来
小茉莉说，要和我一起死么？
斯蒂文的目光
燃烧起来
……
嗯！他说

后　院

拉开一扇老旧的铁门
房间昏暗
走道落满白灰
黑色的飞虫
穿梭在蜘蛛网间
后院
竹子笔直
贴着围墙　伫立
霉绿色的水塘里
几尾瘦削的观赏鱼
在游动

变身术

病着病着
就病成个医生
死的时候
人们会说
多可惜
死了个医生

两具模特

快过年了
我一个人到商厦添置几件新衣裳
路过二楼时
两具模特横在我面前
其中一个没有穿衣服
另一个缺失了胳膊
整个下午
我裹紧衣服，两只胳膊交叉抱住自己
在街头疾走
逃离这悲伤的暗示

青小衣 的诗
QING XIAOYI

看到一个残损的佛身

除了我佛,谁敢头颅落地
还依然正身端坐
尘埃尚未落定
世间还有原罪
我相信,时候到了
佛会伸手捧起,滚落在地的头颅
摁在颈上
起身,重返人间

中　秋

月亮把脸洗得格外干净
向人间张望了一眼,没有说话

尘世太喧嚣。爱月之人
举杯邀月,把酒问月,登高望月
将月亮唤成圆满

他们不知道
月亮,也是一个人过中秋

夜读麦凯恩

黑夜的马车拉着我，追赶那对爱尔兰姐妹
我被黑夜浸透着
疑问的念头疾驰成一束束光
我要问问
她们的母亲真的是在散步时
被一阵风吹下悬崖的吗
那里经常刮大风吗
有没有人冒充了大风，或者母亲
自己想成为一阵风

姐姐为了模拟竖琴师的痛苦
用钳子
拔掉左手中指的指甲
为什么我的手指一直钻心疼着
她躲在行刑时
做弥撒的大石头后撕面包
一定是看见那里有许多饥饿的灵魂

妹妹的身子在各处狂欢着
她酒窝的杯盏里
盛装着的都是快乐的美酒吗
她应该是爱迈克尔的
可她已经记不得把清晨的露水
给了谁
那个在她车筐里插香百合的男孩儿
在婚后背着妻子又亲吻了她
他们是爱情吗
当她背诵卡瓦纳的诗句时
我竟然觉得她和我一样是诗人了

我还想问问
姐姐嘴里含着的卵石能充饥吗
有没有硌坏她的牙齿和舌头
屠夫刀上的油脂比姐姐身上的多
姐姐身上的油脂都去了哪里
一个睁着眼魂儿却不在身上的人
是否还算个活人
妹妹的手不敢放在姐姐身上

生怕触到骨头
姐姐身上的骨头怎么会那么多
妹妹想把躺在床上的姐姐扶起来
发现手上只是一抹尘土
姐姐呢

她们小时候站在丰收的田地里
把金凤花捧到对方的下巴边上
读到这里
我无故哭了起来
难道她们的金凤花
也像我的小野菊一样找不到了吗
而我最想问问
修女的姐姐穿上了妹妹的黄袜子
她一定是很想妹妹了
她把妹妹的黄袜子藏在哪里去了
把她们的童年和青春藏到哪里去了
她们还能找回来吗

黑夜带走了眼睛
却给我带来更硕大的翅膀
我追寻的答案都是内心的回声
并最终流进我的血液里
顺着我的头发以吃草的方式
一小口，一小口
吞噬我

马拉 的诗
MA LA

沉重，又安宁

下午六点的北方光线带着煤味儿
红砖墙略略明亮了一些。
有人在打水。烤冷面的三轮车
从灰暗中出来，火炉摇摇晃晃。
我在洗脸。
这人间的气味。这钟声。
朴素，真诚。我终于肯说出：
鸦鹊总在早晨鸣叫，而我
热爱傍晚疲倦之后的清冷。
仿佛已经爱过，遗忘或死去
一天中只有这样的时刻
沉重，又安宁。

在异乡

在异乡，在祖国的河流上
在大风吹过的早晨，在缓缓驶过的轮船上
雨水让我想起湖北黄石，洪峰拐弯之处
在粤语南国，在番石榴飘香的中山
在栖居之斗室，在宽大的书桌前：叹息。
故乡是一个名词，活在祖先的墓地，活在
女儿出生证籍贯之一栏，活在地图标注之一点
活在我未能完全遮盖的口音里，活在云横之岭南
在岭南，我一路搬迁的肉体不再迁移
一只蜗牛，背上潮湿而脆弱的家园

走马村

孤耸的山崖还在,湖水
还在,荷花还在,松树林还在
刀鳅躲在湖底,还在
麦子不在了,到处都是果树。
祠堂和神庙还在,老人们不在
落日每天都在,看晚霞的孩子不在
逢年过节上门的乞丐不在,补锅匠、阉鸡佬不在
坟头的荒草还在。
我的亲人们:死去的,骨头还在
活着的,在湖北、在广东、在浙江……
他们都还在,又都不在
走马村瘦得像条病狗
——无处不在

我命中的宇宙

我每天早起收拾床单
白云继续赞美
远处的光告诉我:这是新的一天
人类在熟睡中苏醒

残损的世界重新变得美好
它在黑暗中复活,像初生的婴儿
啼哭如同一声宣告
告诉你们:我已来到这里

我找不到来时的路
因此,并不打算回去
我爱上一张脸
日子充满纯粹的幸福

当我慢慢老去,树木刻下年轮
当银河发光,宇宙满是星辰

在密闭的房间

在密闭的房间,我听自己。
听忏悔如何变成歌声。

雪在窗外,簌簌下着
我爱这雪,如此安静迷人。

脚印那么深,那么软
比梦更轻盈易逝。

有一个地方便于隐藏
悲伤与欢乐,我一直在那里。

人,会因为诚实而痛苦
山中冬眠的野兽却不会。

这就是诗

诗人总是幻想能够留下一行,像是
时间中的皇帝。我也有过这种幻想
为此,我终日劳作。
我有丰富的痛苦和热爱,我没有说;
纸上的汉字如果有灵魂,也是被呈现
汉字无意义,它只有躯体。
我从不相信语言,不相信被写下的一切
说得太多了,语言不需要这些。
老人在冬天的树林里铲雪,这就是诗;
落花在地上等我,这是伟大的诗。
诗早已被写下,诗人只是幸运的发现者
时间给了稳固的事物更好的运气。

阿煜 的诗
A YU

为马铃薯写一首诗

据我所知
马铃薯通称土豆
我们那儿也叫洋芋
广东称之为薯仔
江浙一带称洋山芋
但那都不足以
让我为它写一首诗
直到这次去山东
听到最绝的叫法
一个难掩其土
颇具魅力的名字

——地蛋!

一　念

以一步两阶
出地铁时
发现旁边扭动着
一个患有腿疾的
少女
让我觉得自己
不应该

本诗为从未觉得而写

是从什么时候开始
奶奶炒的饭菜
不那么香了

当我有一次无意听到
她向邻居老太太哭诉

她经常等菜市结束
捡一些菜叶
带回家给我和妹妹炒着吃

我知道那是爷爷去世
妈妈不在身边
爸爸锒铛入狱
家庭最困难的时期

但我从未觉得
生活如此不堪

你的诗

我在展台陈列了
阿米亥、奥登、阿赫玛托娃
狄金森、斯特兰德
里尔克、佩索阿、赛克斯顿
的诗集
作为一名书店店员和诗人
我清楚知道
这类东西没有多少人读
但还是摆放在了C位
第二天休息
晚上对班文学区的同事
发来一条事务交接
"为了今天多卖几本书
把你的诗全都调走了。"

怎么接

我至今没想好
怎么接她的话
那位头发灰白的阿姨
在书架前
取下《海子的诗》
对我说
"海子是在山海关
牺牲的。"

真　爱

女同事看了
网上剖腹产的图片
决定不生孩子
但考虑到对象家是
山东的
传统观念很重
就忧愁怎么办
男朋友帮忙出主意
"以后有人问起来
你就说我不行。"

奥斯维辛之后

我所看到的
反思二战集中营
的著作中
大多数是幸存者
资深记者
和历史学家所写
迄今为止
还没有一本
由焚尸炉的
生产商和员工们
写的书

姥姥带大的孩子

把姥姥的照片
装进原木相框
摆在家里之后
妻子又增添了小碟子
我们隔三岔五
会给姥姥放一点
时令水果
有一次我放了两颗金橘
被妻子嫌弃地挑了出来
理由是
姥姥不爱吃这个

不是互文

一位做童书编辑的朋友说
一到晚上就变身花木兰
东群买米面
西群买菜蔬
南群买肉食
北群买鸡蛋

龙双丰 的诗
LONG SHUANGFENG

甜菩萨

我已记不清见过多少佛像
看我的目光
皆没有家里佛龛中
那尊来自尼泊尔的镏金菩萨像
与众不同
透露出特别甜美的心肠
因为当年装藏
除了在它的大肚子内,放入经文
和七彩宝石之外
我还额外加了两颗欧洲奶糖

孤　独

他放风筝
是在众人入睡后的夜里
他说,黑暗中
这样才能感觉到冥冥之间
有股独一无二的力
顺着线
钻进了体内
不由分说把他朝天外拽

衣冠冢

他们把我
当作天生笑嘻嘻的那个疯子
视若无人地
在街上,慢悠悠走过
死亡与生活,付出与收获
日出与日落
从真理上来讲,为同一件事
他们口口声声提及的隐忧
于我而言
又算得了什么
如今,空气就是我的衣冠冢

四季歌

先把宇宙缩小到银河系
再缩小到地球
一个湖泊
缩小到岛屿,然后是一间小屋子
直至一个人
这时候,整个世界都在尽力
使你无处可藏

反之,一直扩大下去
我的眼里
你无处不在
构成不为我所控制的白昼和黑夜
甚至构成我的想象
整个世界依旧
都在尽力,使你无处可藏

悖 论

朋友认为
孤独
自古皆无法称量

但能借助其他事物言说
一旦升起
先是像云朵
直至四方飘游的这朵云
取而代之
孤独之重
即为云朵的重量

当遇上了另一朵云
下起雨来
孤独
就会一滴一滴地减轻
令人奇怪的是
到了最后
云没了
可我又明显地感到孤独
成倍地增长
且势不可挡

博物馆

每到一地，只要建有博物馆
我会尽量抽时间去参观
我最喜欢看
不同朝代的佛像
被先人们从石头、木头里取出来
如今，它们在展台上
或坐，或站
跟哑巴一样，对外面的世界不置一词
有时候
在灯光的照射下，脸色偏白
隐隐约约
感到在替制作自己的那些先人难受
这里，我可以说出了
因为灯光作用
整个展厅：一边是光明，一边是黑暗
而我，正好在中间

夜来香

你呀
不光是来负责开花的
还要出口气
香得令人措手不及

就跟土匪一样
回山前
照例放了场
谁都救不了的大火

差一秒钟都不行

在买菜的路上,我遇到
三只白鹭
和一只苍鹭
它们飞的时间与方向
皆不同
快到菜市场门口
我才明白
它们各自飞各自的
但我为了与它们相遇
这回
必须得等够
五十三年
差一秒钟都不行

王清让 的诗
WANG QINGRANG

初　夏

像在翠云楼
认出了柳如是

我在菜市场
瞥见了
荆芥

燎一片树叶

途经一棵树
他拿打火机
燎了燎其中
一片叶子
回来时
路过这棵树
他又拿打火机
燎了一下
这片叶子
第三次
路过这棵树
没等他
掏出打火机
这片叶子
就用力往后缩了缩

青　蛙

记不记得
有个夏日
骄阳当空
一群小蝌蚪
在一片快要干涸的
巴掌大的泥坑里
挨挤着，挣扎着
不远处，它们的妈妈
一只丑陋又笨拙的青蛙
正把溪水引向这里
粗壮有力的后腿
在泥岸使劲地蹬

雪菜与雪莱

白天
我在地里挖雪菜
晚上
我在床头读雪莱

雪菜，我喜欢腌着吃
雪莱，我喜欢躺着读

有时
把雪菜吃成雪莱
有时
把雪莱读成雪菜

一个传说

天摇摇欲坠……

国王派往
珠穆朗玛峰
举天的王力

三个月了
仍未到达
大臣怀揣圣旨
十万里加急
前去催问
答：我需要留心
脚下的蚂蚁
我的脚掌
也是它们的
——天！

天渐渐抬高。

郑泽鸿 的诗
ZHENG ZEHONG

接 雨

在菜市场买鱼
儿子伸出手接雨
像在接受滂沱的音节
多么欢欣
微笑的脸上溢出童真
我们只关心鱼鳃是否鲜红
过问大海的价格
在烟火中奔波
只有他独享纯粹的时刻
就像这世界只有他
和上帝玩着好玩的游戏
那一滴滴冰凉的
淅淅沥沥的
欢乐啊

火真甜

雨点爬满玻璃窗
密密麻麻的珍珠,唤醒人间
清晨,你刚醒来,小手揉睡眼
也遇见新世界:
小汽车牙刷,是卫生第一课
《二丫读唐诗》,是求学路上的早餐
道旁长颈鹿,是你每天要问候的大块头
燕雀的啼鸣,是玻璃球

欢欣舞蹈的孔雀,是一支万花筒
眼底的无邪在燃烧——
"爸爸,看,我的西红柿着火了
好甜的火啊!"

福道遇雨

雨在下,奔跑中摔倒的儿子
刚刚擦干了哭声
将夏天还给蝉唱与蛙鸣
父亲是朴素的
跟在我们身后
他沉默的眼睛里
仿佛洞悉了将来的一切
就这样沿着福道
一直走,一直走
包围我们的
是清凉的微雨
和微斜的黄昏

惠安女

在惠安世纪大道
遇几名女工,坐草地风餐
我的泪水刷地流下来——
她们可能是
我的奶奶、外婆、母亲、阿姨、堂姐……
皮肤黝黑,指茧粗粝
一双筷子夹起一顿
谈笑风生

她们生来柔弱
为何,一根扁担,两顶黄斗笠
须扛下石头三百斤?

风中,我把车载音响越放越大
越放越大
试图把她们的笑声掩盖

直到，草地的身影越缩越小
越缩越小
止住车内的滂沱大雨

雨中帖

星期三傍晚，月台福州南
雨正亲吻铁轨
窸窣的声响，似芒种的韵脚
为初夏注释清凉
排队等候的雨伞
躲进车厢收起了生平
舷窗外，夜幕垂下珠帘
远行的人们能感知
星星正在天际的另一端
烤着孤独的火

郭建强 的诗
GUO JIANQIANG

就 要

就是在孩童攀折的树木折断的脆响里
就是在枝柯戳穿淡绿树皮的骨白里
就是在孩童惊愕地望着双手的眼神里
就是被这偶然事件惊动的夏日黄昏里

植物园里真安静啊！
花草屏住呼吸，飞鸟收拢羽翅

一阵风就要穿过宽阔之地
在密林的叶簇上留下转瞬即逝的痕迹

对 合

社区花园夜灯注视
一只猫

一只猫注视灌木脚边的
音乐陶瓷猫

一只甜蜜的陶瓷猫
享受寒流冲洗躯壳
另一只猫毛发蓬松
龇唇咧开骨白的齿牙

一只猫
按捺体内的野性
搞摩酷肖自我的替代物

被烧制、被雕像、被甜蜜的形象
是不是一只终极的猫，或者猫的终极？

一只猫面对另一只猫蹲坐
从另一个方向看，相似的姿态神情
像是对合的实体与影子的浮游球

杨树叶片簌簌作响
高空，星子骤明骤暗

穿过多重宇宙的光梳理着
毛皮的纹理
也在陶瓷的凸凸处
镀亮某种转瞬即逝的神秘

尖　叫

在孩子们明亮的嬉戏声里
一声尖叫让空气颤抖，继而寂静

你在高层住宅的书房里
抚慰狂跳如惊马的心脏
　"不是真的，不会来的……
　仅仅是幻觉、幻象，是不存在的光棱搅动记忆……"

但是尖叫在银匙上深深旋转
就像一个噩梦用锐利的指甲扼掐喉咙
能想象孩子们吃惊的眼睛、张大的嘴巴

湿闷的窒息反复穿刺我们的夏日和冬夜
——又要回到木偶的状态，被规定的情形
不能说话，不能动……当然能动，在允许你动的时候……

你慢慢转过身，目光缠绕在众多的书脊
古代的灵魂（即便是新书，面对劫难也将古旧）

又要领取刀锋的挑逗：赤裸、无望

孤零零地
像是另一种无声的尖叫

活着赋

那些悬而未决的
那些正在经历和承受的
那些沉重的时刻——
有时绷紧，有时窒息，有时像什么也没有发生
却持续不息，像弓弦在切割空气，忽疾忽缓
——那些来自上古的刑罚脱胎换体：
骨锥、石斧、青铜、箭镞、马刀或长矛
子弹、火箭炮、制导导弹、精神控制和瓦解术——
在紧急关口受难时刻，刺进肉身：眼睛、耳朵、口唇
胸乳、小腹、四肢、指甲缝隙、骨头深处
——刺、戳、砍、爆裂、粉碎，逼迫自我修正和重组
要么消失，要么接受，忘记应该忘记的，
记住只能记住的。如此。奴隶和奴隶制有所遏制，
铁链和铁拳有所克制，规驯的能量将更充沛、更够劲
每一秒钟和分钟不会更长，也不会更短，保证施刑精密，
随着行刑人的意愿，受刑人感受或忽略呼吸，
你俨然体面地活着，几乎不把劈头盖脸的风暴
当作风暴

黄明山 的诗
HUANG MINGSHAN

垃圾桶旁边的手工活

一所中学校门外
左侧，六个垃圾桶又满了
路灯下
还是那老两口
坐在马扎凳上整理垃圾
新鲜的垃圾
五颜六色，散落一地
无非快递的外包装
以及大的小的方的圆的饮料盒和食品袋
老两口一个笑，一个不笑
组成由来已久的协调
更协调的是流水线中的手工活
没有用手套
掏、捅、叠、踩、倒、甩、扎、扫
该用的都用到
垃圾桶旁边的手工活
一次次
被星光照耀

鸡屎白

说出来不雅
但并不等于俗
中药材名中有个鸡屎白

就是家鸡粪便上的白色部分
熟，可千万别小看
它药用价值高
利水、泄热、祛风、解毒
治好了多少病，救活了多少人
鸡屎白
那么一点点
叫人看不上眼

万事有勾连
司空见惯的东西
都不往心里去
其实鸡屎白至少存在五千年了
阅历比我们丰富
鸡的饥饱流传岁月的星辰雨露
五谷杂粮，牵肠挂肚
剩下的鸡屎白
若黄金
一天天变成稀罕之物

锅碗瓢盆委员会

买了一台灶，堪称巨灶
台面齐腰
烟囱高过蒯大个子的后脑勺
连带锅、碗、瓢、盆
一整套
九人合伙买的
小区里的女业主们
起了熬糖杵糍粑打豆腐的心

动静一大
蹭热度的就多了起来
有的买了系列锅铲
有的买来蒸糯米的甑
有的买来蓄水的缸
有的买来杵糍粑用的石碓窝
有的来迟了，已经不需要什么了

就买来等值的花生让大伙边吃边聊
从而获得入伙的资格

摊子一天天变大了
管理便成了问题
有人建议
干脆成立一个锅碗瓢盆委员会
齐声叫好。于是有了
灶长、锅长、碗长、瓢长、盆长
还有缸长、甑长、碓长
拾柴火的正好叫薪长
嘿嘿，熬糖杵糍粑打豆腐样样是大事
大事就要有商有量

说不出口

一看到场面上糟糕的文字
我就有了写东西的冲动

好像我不这么做
就对不起这个世界似的

积攒了那么多的说不出口
不说也过得去

不要向秋风问答案
每一片落叶都不会缺故事

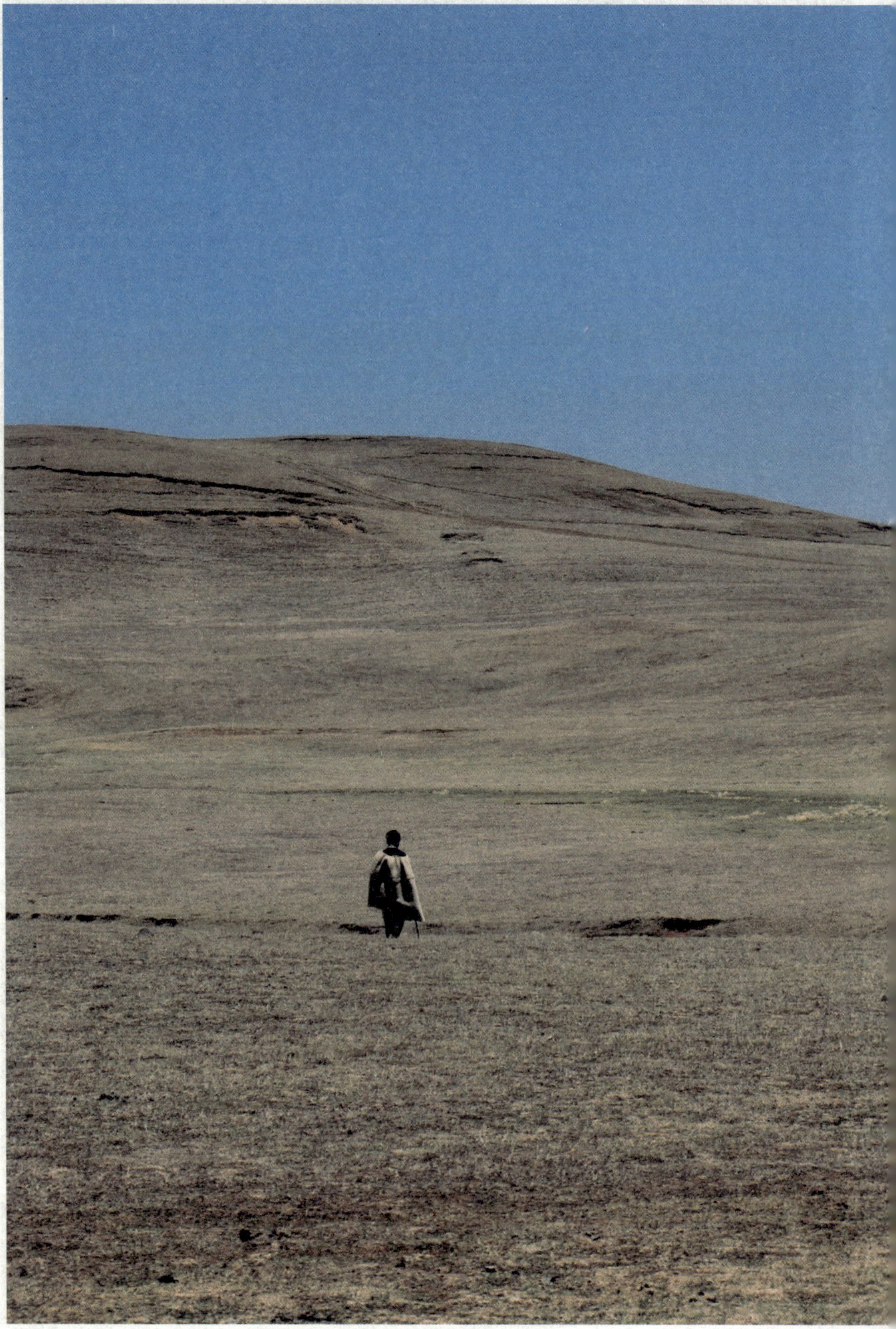

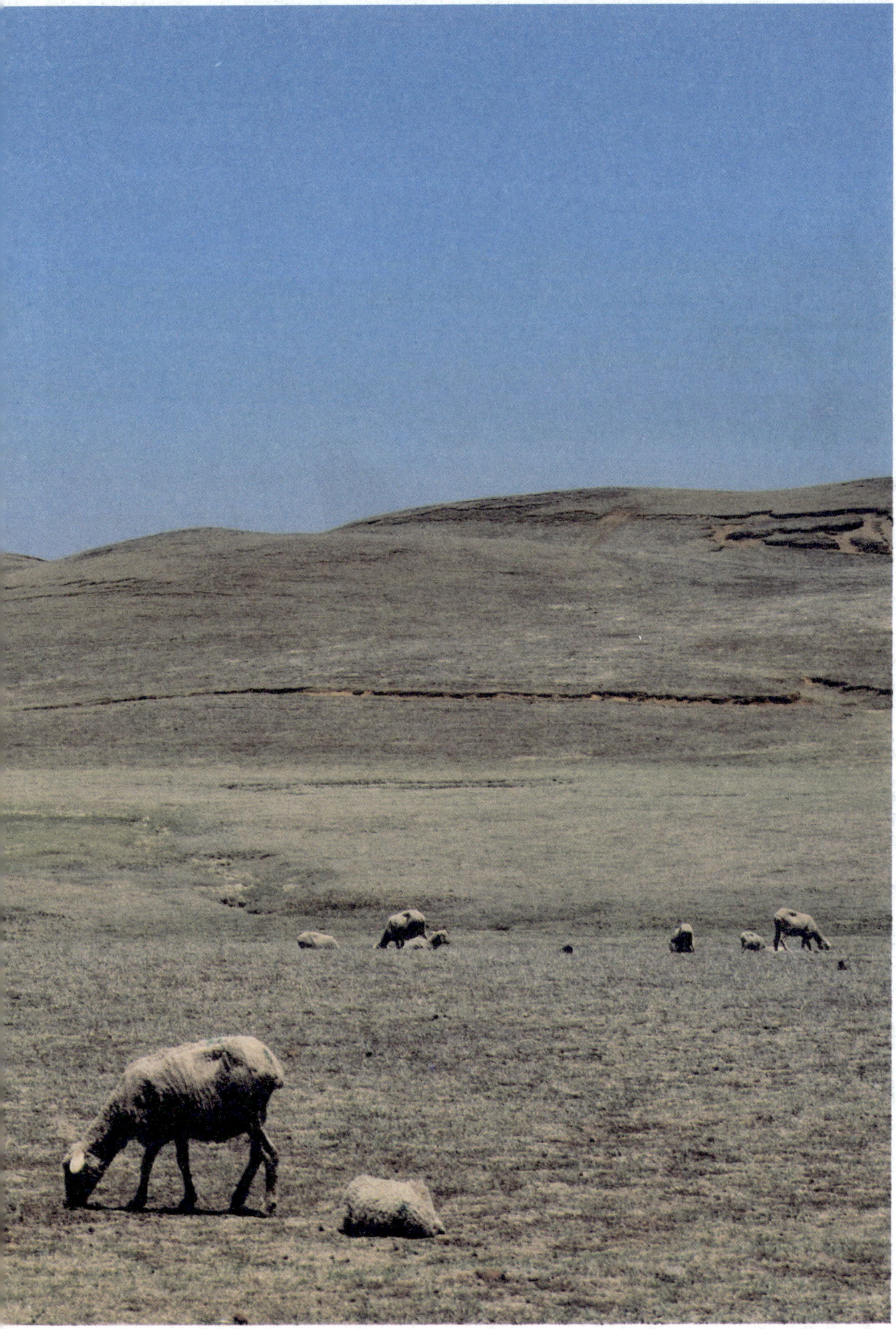

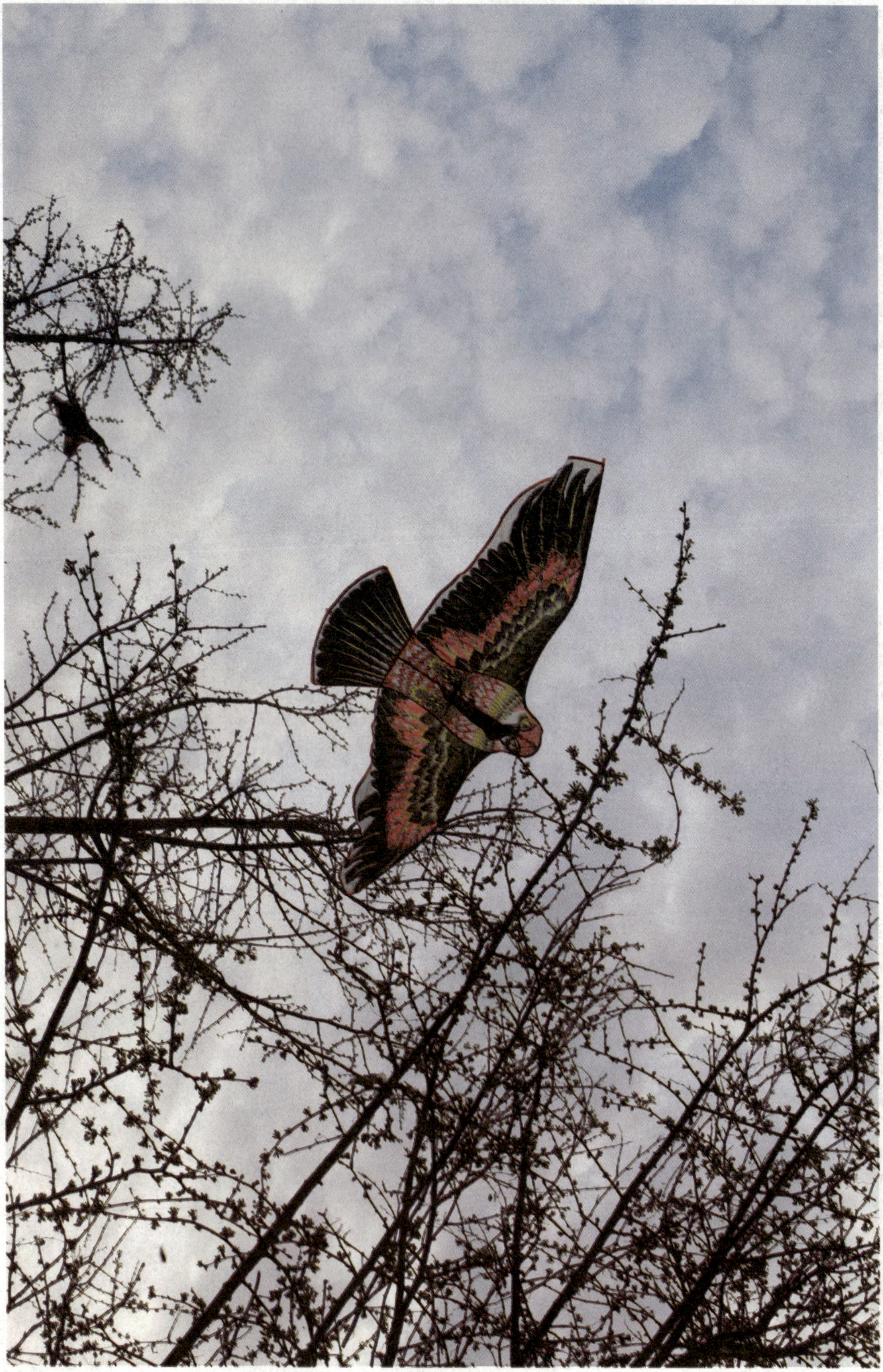

诗歌地理
Poets Geography

黄礼孩　诗选
翟月琴　岛屿的回声与赋形
卢圣虎　诗选
易飞　　生命的疼痛与诗性救赎

黄礼孩

HUANG LIHAI

黄礼孩，广东徐闻人。1999年创办《诗歌与人》诗刊并任主编至今。2005年创办"诗歌与人·国际诗歌奖"。2008年创办"广州新年诗会"。作品入选《大学语文》教材。出版诗集《我对命运所知甚少》《给飞鸟喂食彩虹》（英文版）、《谁跑得比闪电还快》（波兰文版）、诗歌评论集《午夜的孩子》、舞蹈随笔集《起舞》、电影随笔集《目遇》、艺术随笔集《忧伤的美意》等多部。现为《中西诗歌》杂志主编。

黄礼孩 诗选

我的地理的光明旅行

抬头,野兽的乱云飞逝
在广州叶子青绿的嗓音亮起来时
我忙碌的手指在光中闪烁

路过水荫路,看见一个女孩
抱着鲜花在疾走
世界好像从我旁边侧身走过

为什么非要弄清方向
假如她让我选择奔跑
我则坚持一种独自的蓝

道路在翻飞,更多的在忽闪
如果这是异乡人的旅途
我也愿意把此视为
一生中的来来往往

海边的汤显祖

半透明的海捎来口信,就此登陆徐闻
命运的邀约早已提前安排
青春让你反抗,风暴将你流放
人世间的方向,不是糊涂之选
折断的翅膀,不在意义的笼子里
山移动,海倒翻,你读懂了海气
海语不时凌乱,但没有发出忏悔之声
在临川未曾谋面的岭南
你的爱恋亲切如大海的孤独
海边沉思,苏东坡这位诗歌的教父
在幻影里沉浮,你造访他的方式
如捕捉修辞之谜,意外的潮汐充满了磁性
那是时间的回归,这纯洁的正午
诗歌与大海都是你们后裔的后裔
失败的国度在此地发出哑默的尖叫
瘴气就像森林猛兽,但也埋伏鲜花异草
你的姿态朝向民间,那低矮的贵生书院
也造着岭南才子柳梦梅的梦

稀奇的情节,你给起死回生的世界念出祷词
风摆脱浪的羁绊,游荡无尽

农林肉菜市场

触摸,联动起五感,每一件物品都在散发气味
吐息之间,整个肉菜市场尖叫起来
鲜肉挨着蔬菜,档口连着超市
筷子、勺子、酒水、鲜果摆在一起
合唱的食物,它们穿行过日子的五线谱

盐巴从大海来,想去解决无米之炊的谜题
每个人都像长颈鹿,把嘴巴抬向美食的高处
生存却去往低处,需要对土地深情的弯腰
物流马不停蹄,就像提灯的人给道路一些光亮
无数的家庭又活过来,仿佛世上未曾有过饥饿

把用掉的日子像松木清香的味道一般珍藏
未治愈的一切看起来如白鲨,食物打量食客
试图恢复饮食男女的本性,从市场到餐桌
隔着的不止于烹饪,操办精彩的晚宴后
一束从市场买回的鲜花,安抚着这一天所有的徒劳

静静坐着,某个不对称的时刻

屋檐下,寂静里透出淡蓝的阴影
不远处的竹林,叶子的缝隙飘忽不定
你稍作张望,眼睛扑闪出身体里的谜

秘而不宣的事物,起初是玫瑰色
夕光拐向人间,清冷的夜空给仰望者以寂寞
唯有肖邦不同,调高了月光的亮度

一把伞打开了夜晚的形状,它庇护过你我的萤火虫
收藏过所有的泪水,当爱的线骨折断
你梦想的天空,云流、风吹、心跳,都还在

蓝色衣裳镶入小白花，仿佛大海献出柔和的波浪
你还坐在屋檐下。只要爱，生活还会重来
你的身体微倾，像一片海叶要飞起来

四月的另一半

浪花唤醒了海的欲望
路过的风也染上了太阳的侧影
年轻气盛的飞翔也在突围
锋芒盖过光芒

夏天到来之前
收到你的来信不算太迟
你盘算着去爱丁堡听一场爵士乐
它看起来像在两种生活之间旅行

你把梦挂在树枝上
仿佛喜剧的邮轮失去了重量
搁浅在去年的舞台上
命运把圆与缺折叠成骰子
痛苦与意外来自何方，你不知道
所有活过的瞬间都好像受到惊吓

春天有一半埋在地下
你得独自把深渊切换成繁露
春花等待一双手的触摸
你从圣洁的身体内搬出了爱
光沿着藤蔓的方向，正往绿的地方吹
四月的另一半——是你

香水师

草木汇集缓慢的光线
它们一遍一遍潜入纹路
时间为万物所纠缠
含香的植物，腹部保持着摸不着的烟
它们的呼吸舒缓，嘴里吐出白雾
木琴的清唱伸展到阳光下

怀念让你看到更多
它们混合在一起，内在的秩序
需要从光的角度来厘清
甚至从输送绿色津液的茎管
分辨出钟摆有节奏的声音

形体如贝壳里的珍珠
枕着矿物千年的梦床
你的心躺在上面，如同光包裹死亡
却又向未来吐出新生

从未见过的事物
它们危险却又暗藏生机
就像森林底部的灰尘
吹去十重苦味后，彼此便得以相见

更多草木交叉汇聚，香水师在山水间
翻阅植物的光谱
提取它们之间纯净的闪电
轻灵战栗的泪水，向每一个生灵致意
香水的答案，不止于水

韩愈的阳山岁月

岁月是一个编织袋，阳山
历史的所求并非什么都装
当年的衙门了无痕迹
那年的吏治也在册难查
愚昧时代，往往白忙一场
诗歌把昌黎先生的身影召唤回来
重新叙述那被埋没了的明月
去名誉的典当行，当回倾听的耳朵
松开喊着名字的嘴唇：韩愈，字退之
退去委屈之情，退去闪烁不定的面相
你写作的手停在一抹白云的边缘
比起阳山之穷，你更愿意抓住一把朝霞
你不辩护，也不吟唱污秽
山河朝着你出发，已写出了绵延不绝的后记

时间的旅行者,他偏爱图书馆

诗,寓言,历史
无尽地深入感官
带来生,也带来死

明暗交集处
书页发黄,一股酸味微微泛起
所有的旅行都是磨难
寂静处,隐约听见作者的咳嗽声

收藏的大海涌动
互联网梦境一般摇摆不定
图书馆的建筑群
住着不同时代的缪斯
他们不知疲倦地争吵
痛哭,惭愧,非为过去
而是源于未来

但更多的声音被遗忘
恶俗掩盖了世界
思考停止之处开始腐烂
那些亏欠的生活
在阅读的差距里被丈量出来
经典的篇目
什么时候被捡起
它的边界就什么时候苏醒
去拯救多一个词
那个脱漏的生命就被看见

对光的渴望,就像鸽子飞起
翻动书页,手握住了盈动的光
光把贫瘠的读者区别开来
站在人类又一个艰难的世纪
世界始于一本带电的书

燕子之歌

燕子忽上忽下，飞翔不定
它疾速又准确无误地捕捉到
高处或者低处的小昆虫

停在电线上的燕子，寂静
像白色宣纸上初来的新墨
风迷惑线条，吹动光的附和
微微晃动的身影推开了视野

燕子带着刀刃，裁剪新的岁月
云天之上，它的签名无迹可寻
如黑色的闪电拜访了春天的大地

最后飞来的是灰色斑鸠

蝴蝶委身于斑斓的翻飞
你从未了解蝴蝶，只耽溺于幻象
生活中那些美的迷途太少
感性的小径被阴影遮蔽
绿岛已埋进冰层，你试图用冥想撬开
任何飞逝的事物都进了梦的清单
未动用的生活，适合在雪地上涂鸦
给已知事物未知的神秘
时间永不足够遇见
她看着他，他看着他
阳光空荡得有些羞涩
最后飞来的是一只灰色斑鸠

情非所愿的沉默

晚秋的天空，云朵排着波浪向前
涛声来不及诅咒命运的深渊
一尾鱼已被吊在竹竿上
晒在高起来的蓝天里
它挂在风中的身体是整座海洋
我隐约听见灰烬的声音

记忆变成白色的纪念日
情非所愿的沉默是如此漫长
蚂蚁的眼泪,滴在空荡荡的大海
它举起双手向天空祈祷:
主啊,请你赋予大海永恒的澎湃

岛　屿

我们常提到无人居住的岛屿
它是大海光中燃烧的婚床
歇息不需要在床上
就好像岁月可以不在日历里
我们还说起,湿润的肌肤
闪耀着心神不安的来访者
树林里白色的雾已散去
倒影中的旧灯塔隐约可见
它是大海站在岸边的一注泪水
不再说话,专注海鸟用小脚
一点点在沙滩画出的地图
我确信岛屿是你召唤时的回声
那些香料和珍珠可以再一次丢弃
凡是有气息的都与你一起欣喜地歌唱
羊角叶肆意的生长已揭开一角
鲸鱼向上的喷泉竖起另一座海的形体
荫翳移动,未完成的生命
如斜向海面的椰子树,悬浮的果实
倒映到水里,细小的波纹仍然旋转
此时,无人知道,如桨之翼扇出的风
与沙子、鸟翅、白帆,还有植物一起听信你的身体
它们是自然放养在别处的野马
它们的鬃毛,在黄昏的夕光里辽阔地疾飞

条纹衬衫

风尝着未知的灰烬。就此别过
一个囚徒被押往徘徊之地

凭什么去解开生活的纽扣
疑问是条纹衬衫
穿在身上，像一个从污水之河里
上岸的人，淌着水。这包裹的水纹

渴望阳光猛烈地折射生活
阴晴不定的游戏
为躲开谜底而涂黑这个世界
一只病虎，轻盈如蝴蝶
没有蔷薇之园可穿过，它提着镜子与灯
寻找一件边缘潮湿的条纹衬衫

世界需要新的编织，需要绣出爱的颜色
却从不脱下那件死亡的衬衫
猫头鹰躲在口袋里，幽灵一般的视像
随时把命运带入不祥的黑色梦境

七月像一辆白色出租车

好日子被遗弃被荡尽，我们之间没有结局
阴郁的领地，阳光的脚步陡然消失
唯有盛夏逃脱了，浪涛如蓝色叶丛中的白鸟
带来片刻的通心术，雪糕的味道浮过小巷
七月的云朵像一辆白色出租车，香草姑娘
重回正常生活，一种恍惚的错觉如隔墙谈心
之前读过的情书，在红西瓜的岁月里。她找到黑籽
出租车无声驶过，月光像金牌特务，从门缝里闪进
瞬间，黑暗中的徘徊，保留了对白色的警惕

翟月琴

岛屿的回声与赋形——黄礼孩诗歌阅读札记

> 我们常提到无人居住的岛屿
> 它是大海光中燃烧的婚床
> （《岛屿》）

黄礼孩笔下的"岛屿"，烈焰般泛着红光，残缺却艳丽如燃烧的婚床。诗人特别强调这是座"无人居住的岛屿"，似乎有意避免将岛屿与灾难联系在一起，也将岛屿隔绝在了人之外的世界。在无人居住的岛屿，为什么会出现"婚床"？显然，这不是岛屿上真实存在之物，而是出现在诗人头脑中的幻象。或者，它只是落日余晖的残影。有意思的是，诗人将其想象为"婚床"。"婚床"本是新婚恋人的欢庆之地，在此处，凡是有气息的，都应与你一起欣喜地歌唱。可空的"婚床"更像是展览多年、无人问津的被遗弃的旧物。婚床的"燃烧"，泼洒出油画般的光焰，以灰烬为结局象征着一场古老的祭奠仪式。

"岛屿"看似是一座没有演员、没有观众的剧场。其存在于"我们"的回忆之中，又无法忽略说话人的在场性。当"我们"在追溯过往的一幕幕场景时，"心神不安"与"散去的雾"作为动态的画面被定格放大，表露出那个特定时刻最真实的心境。然而，这一刻没有被日历记录下来，而是被诗人描述为一种去时间化的非常态。与烦扰的都市生活相比，"岛屿"为诗人提供了宁静自然的情思空间。诗人的视线从"岛屿"移向四周的海岸，由船桨、灯塔、海鸟、沙滩再回到海水、鲸鱼，环形构造出清晰的海景图：

> 倒影中的旧灯塔隐约可见
> 它是大海站在岸边的一注泪水
>
> 不再说话，专注海鸟用小脚
> 一点点在沙滩画出的地图
>
> 鲸鱼向上的喷泉竖起另一座海的形体
> 荫翳移动，未完成的生命

然而，围绕着"岛屿"的却是悲情气氛：倒影里的"泪水"，"不再说话的海鸟"和"荫翳移动的鲸鱼"。这幅图景将"岛屿"层层包裹，平静之外，更是悲伤。

> 字短句长地书写。镜头，时间的镜头
> 无声地对准了时间的藏身处
> 一座平行的避难所穿过
> 你必须成为自己，像花园一样飞
> （《平行花园》）

黄礼孩写道，"岛屿是你召唤时的回声"，从一个"我"创造出无数的"我们"，"一个生灵呼唤着另一个生灵/每一个都在相互倾听，带着望不见的气息"（《夜气》）。无声的"岛屿"被打造为立体环绕声的剧场，众多的"我"和"我们"虽然无形无声，却互相倾听着彼此气息的流动，抵达神秘的交流之境。在交谈中，彼此的面庞逐渐从模糊变得清晰可辨。在他看来，写作就是一个寻找的过程。他在"岛屿"寻找着自己，寻找着他人，寻找着世界。在这座自筑的"岛屿"，他找到了低头望向海水时找到的"飞地"——忘记时间，埋葬往事——无所顾忌地恣意畅游与飞驰。他时刻提醒自己："你必须成为自己，像花园一样飞。"于他来说，"从这到那，存在着看不见的速度，速度是诗歌写作的出路。速度存在于四面八方，当它们像火药一样被点燃就迅速汇聚到诗人的心头，如穿越千山万水的燃烧"。[1]

他痴迷于马拉美、里尔克诗歌里的速度。这速度从无形到有形，产生于瞬息之间，相当具有爆发力。在这一刻，飞逝的事物被唤醒，诗人以冥想的方式撬开尘封的记忆，"我隐约听见灰烬的声音/记忆变成白色的纪念日"（《情非所愿的沉默》）：

绿岛已埋进冰层，你试图用冥想撬开
任何飞逝的事物都进了梦的清单
（《最后飞来的是灰色斑鸠》）

黄礼孩提倡"完整性写作"，也就是寻找消解内心的阴暗面的光。回到那"大海光中燃烧的婚床"，诗人试图抹去或重拾的记忆都将成为照亮生活暗途的光。他认为，"有光的言辞才有速度。上帝说有光，这光就是神力。诗歌之光是超时间性的，写作就是去驾驭时间在场与不在场的魔力，追逐火焰的光速，激发出爱的电光石火，获得心灵与万事万物与宇宙一同运行的速度"。[2] 他"对光的渴望，就像鸽子飞起/翻动书页，手握住了盈动的光/光把贫瘠的读者区别开来/站在人类又一个艰难的世纪/世界始于一本带电的书"（《时间的旅行者，他偏爱图书馆》）。黄礼孩不仅去捕捉这稍纵即逝的光感，还从阅读中汲取光影，且尝试将这电光传递给每一位读者，"需要从光的角度来厘清/甚至从输送绿色津液的茎管/分辨出钟摆有节奏的声音"（《香水师》）。

二

岛屿位于大海之中。如果说岛屿是梦中的光，那么大海便是来自生活的光源，"不完整的天空，它必有另外的光源/时间一点点积攒起宇宙的水声/滴答滴答如无尽的祈祷，将一切洗涤"（《时间的水滴》）。

提到诗人们对大海的想象，浪漫主义诗人雪莱的诗句犹在耳边："啊，深不可测的海洋／谁该在你的水面出航"。蔚蓝宁静的大海温柔时仿若"星汉灿烂，若出其里"，如若汹涌起来，则"成群的渔船就会覆没"。浩瀚广袤的海中央，手持三叉戟的海神波塞冬和放声歌唱的海妖塞壬，让人崇拜、迷醉又恐惧。圣卢西亚诗人沃尔科特的"海洋和岛屿"书写堪称经典。他让"大海和岛屿，阳光与雨水，沙鸥与帆船，棕榈树和浪花，港湾和渔网……这些形象的线条、色调、气味渗入他的字里行间，牵引着他思绪、感情、想象，彰显在他的词汇、句法、节奏中"，"在诗和自然里找到和谐，看到永恒"（奚密：《海的圣像学：沃尔科特》）。

对当代汉语诗人而言，"大海"意味着什么？它可能是灵感降临的梦幻体验。"我没有遇见过大海的时辰／海水的星星掩着面孔从睡梦中飞过"（戈麦：《大海》）；可能是出走与返回的漂泊心境，"返回一个界限　像无限／返回一座悬崖　四周风暴的头颅"（杨炼：《大海停止之处》）；可能是驰骋与阻滞的情思意绪，"这是去大海之路，指向另一片海"，"我周围泛起烟尘的时候／我的手中有夕阳断裂"（陈东东：《去大海之路》）。

黄礼孩同样书写大海所带来的厄运（"涛声来不及诅咒命运的深渊"），也呼唤大海永远保持澎湃的朝气（"主啊，请你赋予大海永恒的澎湃"）。但他更明白，面对无限广阔的大海，人类的悲伤如同蚂蚁的眼泪，不过是沧海一粟。有趣的是，蚂蚁举起双手的姿态尽管显得无力，却漫画般地生动传达出对海之神的执着守望：

> 蚂蚁的眼泪，滴在空荡荡的大海
> 它举起双手向天空祈祷：
> 主啊，请你赋予大海永恒的澎湃
> （《情非所愿的沉默》）

即使读者无法理解空荡荡的大海对蚂蚁的意义，可蚂蚁虔诚祈祷的姿势依然值得赞美。其实，蚂蚁与大海，又何尝不暗示着生活与诗歌的关系。诗人思考的是，庸常平凡的日常生活与庄严神圣的诗歌到底是什么关系。在他眼里，大海固然神秘莫测，"当记忆沉静起来，神秘的仪式已启程在波浪之上"（《望角海居日落》）。但大海又与生活如此贴近，无论是海边集市此起彼伏的叫卖声，饮食男女所吃的海鲜和盐巴，还是与海有关的沙滩、珊瑚、螃蟹、白鲨和海气，都不过是习以为常的生活场景：

> 吐息之间，整个肉菜市场尖叫起来
> 鲜肉挨着蔬菜，档口连着超市
> 筷子、勺子、酒水、鲜果摆在一起

  试图恢复饮食男女的本性，从市场到餐桌
隔着的不止于烹饪，操办精彩的晚宴后
一束从市场买回的鲜花，安抚着这一天所有的徒劳
（《农林肉菜市场》）

  也是小卖店的一部分，出售晒干的海鲜
也卖着香草冰淇淋

  摩托车声，吆喝声，讨价还价声
腥气纠缠闷热，贝壳操着外罗渔港的方言叫卖海产
《外罗渔港的回忆》

  20世纪80年代，韩东写过《你见过大海》。这首诗没有像舒婷的《致大海》"大海的日出／引起多少英雄由衷的赞叹／大海的夕阳／招惹多少诗人温柔的怀想"那样讴歌大海，而是纠缠于"见过"与"想象"大海的二重奏之中，将神圣的、抽象的"大海"还给再庸常不过的现实生活。无独有偶，诗人戈麦在《大海》中也写着："我没有阅读过大海的书稿／在梦里，我翻看着海洋各朝代晦暗的笔记"，对"大海"的认识显然超出了他的知识与经验范畴。20世纪80年代以来，不少诗人对日常生活场景情有独钟，比如李亚伟的《中文系》、丁当的《房子》、杨黎的《街景》等。他们"出于反抒情和反浪漫的考虑，力求表现诗的肌理和质感，最大限度地包容日常生活经验"，"用陈述话语来代替抒情，用细节来代替意象"[3]。不过，自韩东《你见过大海》之后，有关市井化的海岸生活却鲜有诗人从细节触及。蔬菜、植物与海鲜，或者分拣鱼虾的打鱼人、以大海谋生的年轻人、从市场到餐桌上的食客，活跃在诗人的笔端，显得格外生动。这也就不难理解，俯仰、高低之间，黄礼孩总是在诗与生活间寻找某种平衡和连接，并努力从细节出发，融入叙事性，将汉语诗歌中的海洋和岛屿书写推向更丰富之境：

  每个人都像长颈鹿，把嘴巴抬向美食的高处
生存却去往低处，需要对土地深情的弯腰
（《农林肉菜市场》）

三

  黄礼孩之所以对"岛屿和海洋"如此迷恋，与他出生于大陆之南广东湛江徐闻小苏村不无关系。因为距离海滩很近，在那里玩耍成为他童年最难忘的记忆。儿时帮家人种水稻、锄草、砍甘蔗、收割水稻、摘菠萝、放牛的场景仍历历在目。所以，与那些远离大海却执着想象大海的诗人们不同，大海几乎是他日常生活中不可缺失的重要组成。

以小苏村为轴心，不管走到哪里，他始终听得到故乡的回声。他说，"自己是一支从小苏村射出去的箭"，诗歌里出现的"声音大多来自家乡徐闻的小苏村，来自砖缝间，来自泥土中"。从小苏村出发，来到广州。在快节奏的城市生活中，虽然时光流转、人来人往，作为异乡客依然感受得到速度与光的召唤：

  抬头，野兽的乱云飞逝
  在广州叶子青绿的嗓音亮起来时
  我忙碌的手指在光中闪烁

  道路在翻飞，更多的在忽闪
  如果这是异乡人的旅途
  我也愿意把此视为
  一生中的来来往往

他始终"坚持一种独自的蓝"。或者可以理解为，"故乡情结"已成为他的生命底色。即便是足以让人驻足的女孩让"我"跟她一起奔驰，"我"还是愿意独自一人守护内心的"岛屿"，因为那里有光，是"我"用一生去感受的"光明旅行"：

  路过水荫路，看见一个女孩
  抱着鲜花在疾走
  世界好像从我旁边侧身走过

  为什么非要弄清方向
  假如她让我选择奔跑
  我则坚持一种独自的蓝
  （《我的地理的光明旅行》）

  2011年，他去哥特兰岛参加"环波罗的海国际诗会"。那一次诗会，想必有不少诗人为哥特兰岛献诗。笔者曾评论过诗人蓝蓝的《哥特兰岛的黄昏》，她开篇就写着"啊！一切都完美无缺"，却以内心阴郁的陌生人身份去环视这完美的岛屿。在哥特兰岛，诗人黄礼孩忘却了生活中的残缺，而是相信不完整的一生在这里至少有了完整的一天。他勾连出个人的诗歌地理，从雷州半岛到哥特兰岛，在岛屿与岛屿的呼应中，找到了对话的可能：

  遥远的哥特兰岛，它的落日也呼应着
  雷州半岛的星图，我曾四处打听你的消息

在蓝蓝的诗歌中，没有赞美和抒情的修饰性语词，反被凹陷的诗行（"脚下是教堂的尖顶"），被长短相间的句式（"和平与富足，宁静和教堂的晚钟"）等声音形式所打破，在完美的哥特兰岛面前，整首诗歌被肢解得破碎不堪，显得孤独、绝美、凄凉。黄礼孩的诗句则相对匀称平衡：

> 小螃蟹涂鸦海滩，白墙的空隙留给了风
> 海气炎热，藤蔓般缠着大陆之南的地理
>
> 我们相遇于此，谈论古老的徐闻
> 海上丝绸之路，祖先及祖先的海

哥特兰岛的沉静，将他的记忆拉回到熟悉的过去，与当下的正在经历的感受交相呼应。这一刻，他的内心是完满的。在诗歌的结尾，诗人以完满的心态意识到现实生活的残缺感。他的情绪起伏有致，声线在短长之间变化。他沉浸在岛屿的光焰中，并借潮汐的声音坚定地反对任何不道德的结尾：

> 一切无言的峰顶，从风暴中趋于平息
> 新月似拟人手法，所有的潮汐
> 都在发出自己的声音，反对着不道德的结尾
> （《望角海居日落》）

在诗人黄礼孩的诗歌里，有一种始于"岛屿"又终于"岛屿"的隐形结构。他以海洋生活滋养着"岛屿"之光亮与速度，且不断从岛屿出发，去寻找与之呼应的回声。与之同时，"岛屿"之形因为汲取了更多养分而显得愈发丰满清晰。我想，也许这就是他在诗歌中所追求的完满吧。

---

[1][2] 黄礼孩：《诗歌的速度》，《中西诗歌》，2017 年第 3 期。
[3] 张曙光：《风景的阐释》，唐晓渡编：《先锋诗歌》，北京：北京师范大学出版社，1999 年，第 235–236 页。

卢圣虎
LU SHENGHU

卢圣虎，祖籍湖北洪湖，20世纪70年代出生，武汉大学历史系毕业。湖北作协会员，黄石市作协副主席，《黄石文学》执行主编。著有诗集《若即若离》《或许与你有关》等。

卢圣虎 诗选

天虹花园0号

停留三个小时,也许还可以留宿
害怕留下灰烬和气味
五年前那些随心所欲的火焰
她嗅到了窗外来回走动的寒冷

这是迷宫一样的花园,女人居住
感到花鸟繁殖的迅速
天冷了,它们死亡

没有人群来往,白璧映射少女的光泽
白璧留下指纹和一次绝密的谈话
她用水小心地擦掉

时间越来越少了,家越来越近
与生俱来的礼物一件件失去
有些人大步流星走进花园
但往往一无所获

她用保鲜膜掩盖数量不足的肉片
她将精心选择的布纱缓缓拉上
她打开门,送走一个熟悉的过客
抒情戛然而止

有人谈起的是这座梦中花园
没有闲人走动,它有时被真相惊扰
自己把自己伤害

与妹书

最艰难的时刻,我躲在夜里
描写亲爱的白纸
知道你在水中央沉沦
我决定外出寻找
那些逝去的更优秀的礼物
你不会知道我的后悔
和从头来过的决心

可是悲伤干扰着我的改变
只能用器具取暖
只能放纵超过体重的胸怀
我夜归，或者你
试图忘记虚构的一天
那些虚设的每一天
自由而充实地醒来
我仍然泛滥着眼泪
和你一样，将不幸归因于命运
所谓的失去就是徒步行走
或若即若离

茵特拉根广场的鸽子

一只鼹鼠一定会爱上海鸥
如同海水爱上蔚蓝

我有很多梦想告诉大海
一根线拽在人间，忐忑如风筝

花儿已由野生变为豢养
鸟儿掠过，使我黯然

比如茵特拉根广场的鸽子
甘为游乐园的艺妓
就在身边扑腾，轻舒而浪漫
眼前的觊觎就是一种危险

晚宴，主人会献上一只乳鸽
我艳羡它年轻，永难见到它的老年

方位论

在农村
我看到越来越寂寞的原野
它的底色是广袤的天空
在城市

我看见周围全是奔跑的面具
载着捉摸不定的灵魂

白天，我要努力穿过
一个又一个空洞的戈壁
夜里，我才能安心想一想
慈祥而蓝蓝的海洋

我还发现情感也分地上地下
生与死只隔了一层布帘
在地上，我爱着很多人
在地下，只有你还爱着我

午后，蕲州下石潭村

除了蕲州人
再没有人知道下石潭
除了下石潭村
再没有哪条公路如此泥泞颠簸
除了随行的婴儿
再没有人大声说笑
除了风吹光阴
再也听不到这种安静
除了张氏祠堂墙角有一抹阴影
再没有了午后无聊的光芒
除了凛凛胡风，除了一面挂着拐杖的画像
再也没有了童话梅志
再也没有了七月
再也没有了老朽了还站着的骨头

院子里的梅

我一定会记住这枝红梅
从前聚散匆匆，等不及它开放
这是一棵被辜负的树
庚子年我有幸见识了它的一生
在冬雪中它美如春天
一转眼大地就绿了

它静静惨淡
仿佛是生命的另一种看穿
众生在等万事荣华
它在等缘分

像

母亲很少照相
很多次的合影她都拒绝了
我的外貌很像母亲
从此我格外留心照相
每一次都感到神圣
并精心修饰
仿佛每照一次
母亲的留影就会多一张

只有一个月亮

孤独的时候，只有一个月亮
那么多的人那么多土地
睡在黑暗里
有一些永远不会醒来
一一错过
她的多情和厚道
只有江河呼应她的反光

失落的时候，就看看月亮
无论是脚下还是天涯
只有她
才配得上梦想

一见如故

七月，向往水中
湖风呜咽山沟已无回响
不如遨游水乡
水生之物葳蕤江南

诗歌托起散居的莲叶
久仰不如一见如故

水域尽是知时务之人
花在湖之上
菱角藏在藤蔓之间
藕的家族灿然于淤泥
船娘划出的褶皱默默康复
都是因为追随一颗莲心

一层层剥开的甜
或许会遇见老迈之苦
只有礼遇七月
久仰才能一见如故

石　灰

在保安镇一座石雕厂
有一间石灰库房
堆满了灰白的粉末
柔软如脂膏，貌若过时的雪花
它们均从切割的大理石上掉下来
前世为坚石，现为齑粉
因工厂工艺的需要
身不由己地成为多余的部分
据说它们还可启用为砖
需要再次拌和、煅烧、风化
才重返硬气的家族
但一个人
不会有这样的好运气
温软如脂膏，貌若残存的雪花
骨灰从机器上掉下来
就此尘埃落定

流水席

我们随机地坐在一起
邻桌喧哗，上菜的声音

此起彼伏。除了沉默就是谦让
一直到终场,我们都不想打听对方
姓甚名谁

某天,我在朋友圈看到了他的照片
大家都在感慨人世无常
我认识这个人,吃过一顿饭
是一个有礼貌的客人

南方阴云不散,马上要下雪了
一个夜晚就把所有印迹覆盖
换上一层白,用流水席上的桌布
顺手抹掉一些名字

目的地

花在等我。农耕时代的某个中转站
请记住如今是花海
我们在山谷之边滑行
每个人都在想象前方的景物
我念起一个人的末世
路上颠簸着他
美好的碎片
被人间一再解读
这一天如此盛装
春风十里,富河荡漾
我的那点苦难仅仅是风的喘息
春天复活的一部分

清　明

我们从四面八方奔向
一个叫故乡的地方
与一个叫故乡的人拥抱
谁也不愿意多说话
最多啜嚅
难以启齿的个人史

真的没有什么可说的
在眼前就足够了

突然停电的乡村，萤火虫如镜子
照见一段羞愧的暗光
披星戴月已至穷途
灯火骤然通明，我只能隐于
远方的荒野奔豕
锦衣或寒袍被天空遮盖

蛙声依然沸腾
提醒我
这还是清明的故里
也是故乡的清明

打　桩

老屋的地桩是父亲一锤一锤敲下的
现在承受了很风光的建筑物
烟云飘忽不定
不知哪几根木材在此终老

我时常想起城市的桩基
有不可限量的高度，但是平地
悬空。像树叶止不住晃动

仰望那洞口，深不可测
向下则感万念俱灰

繁星点点如蠕动的繁复生活
人群零星经过，悄无声息
桩插在地下有多深
地上就有多亏欠

老　者

一位老者，用尽毕生
把子女们送到了异国他乡

在他眼里，成功就是这个样子
直到闭上眼睛的那一刻
他才痛感什么是虚荣
他走的第三天
子女们才辗转见到父亲的遗照
路上颠沛太久了
已错过悲伤
他们就像一次远程做客
看一条鱼被端上喜宴
浅尝辄止，匆匆别过
仿佛一个人的死
就为了虚荣在场的仪式
那缥缈自私的时空
已经稀释相濡以沫很久很久了

诳语者

棉布由一根根细线织成
这最后的线头
不知握在谁手中

夜空由星星描绘
乡村才见到的萤火虫畅意低飞
月亮只是伤感的道具

正如人们，层出不穷的
披星戴月
只为努力出具一份证词

证明你看到的众星拱月
在低微的草丛里
就是昙花一现

易飞

生命的疼痛与诗性救赎

1

去年在某诗友发的朋友圈读到卢圣虎谈诗，我留言：此人懂诗。及至见面，却是半年以后他加入"次要诗人"诗社。显然，我与卢圣虎认识时间不长，却似乎十分投缘，老家相邻，乡音相似，大体也是原因之一，但肯定不是主要的。

卢圣虎是武汉大学珞珈诗派的中坚，作为一个诗歌的热爱者和自觉写作者，其诗歌创作的轨迹大致可以归为几类：青春的苦闷与彷徨、历经生活磨难之后的沉郁与苦闷、知天命之后的坚定与固守。

卢圣虎的旧作，体现了他过于直率的秉性与青春的忐忑，其敏感的天性，让诗人更多感受到青春勃发的情怀激荡。二十世纪九十年代，依然是诗歌大行其道的时候，卢圣虎作为历史系的学生，把更多兴趣与情怀抛洒在他心爱的诗歌文本中。一张白纸可以写下最美的文字，诗歌为青春插上了想象的翅膀。

> 最艰难的时刻，我躲在夜里
> 描写亲爱的白纸
> 知道你在水中央沉沦
> ——《与妹书》

青春期的幸福是短暂的，痛苦则是常态，而这样的痛苦往往是自己想象出来的，青年诗人敏感多情的天性，一定会人为地在自己心中制造一些"苦难"，难免也有"强说痛"的矫情。但在"自己把自己伤害"中，卢圣虎比起同时代诗人，更多了一份真诚。

> 有人谈起的是这座梦中花园
> 没有闲人走动，它有时被真相惊扰
> 自己把自己伤害
> ——《天虹花园0号》

"停留三个小时，也许还可以留宿／害怕留下灰烬和气味／五年前那些随心所欲的火焰／她嗅到了窗外来回走动的寒冷"，卢圣虎开篇即体现了较为扎实的诗学修养和较好的进入方式。"有些人大步流星走进花园／但往往一无所获""她打开门，送走一个熟悉的过客／抒情戛然而止"，带着些许神秘和梦幻。天虹花园据说是黄石的一个小区，此处当为某种精神性的寄托之地。这首诗写得神秘而灵动，时间和空间徐徐打开，呈现深沉宽厚的张力与饱满的情绪强度。

唯有诚实，才能广大。我以为卢圣虎深谙其理。陈超先生说："文字对一切的还原，对当下一切的复制与粘贴都是可疑的，真正的文字只指向一个人的内心。"张执浩先生也说："从真诚、真实出发，至少可以达到一个效果：感人。"是啊，对于写作的人来说，最远的距离，是心到手的距离，往往一下笔就跑调。卢圣虎的文本始终是真诚的，像他憨厚的笑、黝黑的面孔。

"具体而言，我追求的诗歌表达往往从生活中一个片断出发，以诗意的描述来呈现自己对生活、对生命、对时代的感受。虽然可能肤浅，但绝对真诚而审慎。生命中可以挥霍物质，但绝不能挥霍包括情感在内的任何书写。"这是2013年8月卢圣虎在他的诗集《若即若离》研讨会上发言时说的一段话。

"绝不能挥霍包括情感在内的任何书写"，大致形成了卢圣虎的诗歌美学和写作信念。

2

我喜欢卢圣虎的小诗《午后，蕲州下石潭村》——

除了蕲州人
再没有人知道下石潭
除了下石潭村
再没有哪条公路如此泥泞颠簸
除了随行的婴儿
再没有人大声说笑
除了风吹光阴
再也听不到这种安静
除了张氏祠堂墙角有一抹阴影
再没有了午后无聊的光芒
除了凛凛胡风，除了一面挂着拐杖的画像
再也没有了童话梅志
再也没有了七月
再也没有了老朽了还站着的骨头

这首写胡风的诗，体现了卢圣虎良好的诗感和纯熟的表达技艺。我喜欢这样的开头，以及整首诗的语感。整首诗，在"除了""再"的循环复沓下，一节一节如"扣子"扣紧，使一件衣服穿得严丝合缝。

细读这首诗，你会发现诗人的精到。"除了风吹光阴／再也听不到这种安静"，联想到诗人写的主人公叫"胡风"——胡地之风，还是风从胡地来？趣味盎然，诗性十足。"除了凛凛胡风，除了一面挂着拐杖的画像／再也没有了童话梅志"，"再也没有了七月／再也没有了老朽了还站着的骨头"。你到了胡风雕像的现场，就知道诗人对主人公生平、故事和眼前之景描写契合得多么精准、贴切而生动。

全诗语言，似乎都有双喻的功能，弹性十足，诗意喷溅。

现代汉语诗歌我以为最好的开头是在时间和空间的拉伸中，实现情与景的深度交融，为阅读者带来某种特定气质的认定和契合，最好还带来无尽的惆怅和内心的苍茫。此诗可当之。

卢圣虎一直在变，虽然是渐变，但依然清晰可寻。首先是情感上的变化，带来了他诗歌中的"苦痛"。随着年龄渐长，诗人中年的沧桑与无奈，在其作品中展露无遗。此时的卢圣虎已近天命之年，感受到了更多人生的苦痛与辛酸，以我对他不多的了解，他的生活和工作一直处在某种"异于常人"的状态，甚至有时候会产生对峙。我也知道他的性格里有一些急躁和小小的武断，有时也有简单的认定，所有这些都凝聚成了他生活独有的个人经历，带来了一些教训和思考，也曾在一些无意义的事情上耗费心力。这让他对生活中的人与物，有了更加深刻的认识，甚至刻骨铭心的感受。

诗歌是个体生命体验在语言中的瞬间展开（陈超），诗是经验，卢圣虎此时的诗作，再也没有青春期的轻盈与憧憬，充分展示了人生的无助、苦闷、冷峻、凄寒。其写作开始向"深度描写"和情感唤醒挺进，开始"对黑暗发出回声"（谢默斯·希尼）。

3

卢圣虎近期的作品，倾向理性的考量，体现人生的通透。可以看出，经过泥沙俱下的生活后，卢圣虎开始了内省与接纳。世态炎凉的曾经沧海之后，他开始倾听和感悟，开始了"修正"。他在探求一种适合他的新的生活方式，新的处世方式，看清不看破，悲凉不悲观，经世之苦触摸之伤与错认之痛，使他获得了更多的生存智慧和通达的认知。于他的诗作，则是一种淡定的智性与沉思。

《同》是一种开始：

　　五十岁以后
　　我开始认真审视"同"字
　　住在一间端庄的屋里
　　三面是方正的封闭
　　底部开放处
　　一个钩向内拐
　　似乎狭促的接纳，又无尽通透

五十岁之后，他开始认真审视"同"字。这是一种新的视角。"有血缘的同，有地缘的同／有一床一桌一窗一门的同／有经历的同，有形而上的同／甚至同年同世同尘同光／擦肩而过总有缘起／一世回眸更易共情"——这是卢圣虎过知天命之年后的认知。一个"同"字，让他看到了很多的"同"，其实"同"之后是更多的"异"，只是他没有着笔。所以凡是遇见一种"同",他便感到知遇的恩情,倍加珍惜,这是人世经年之后才会有的感受:知音难寻,"同"字何其珍贵,即使我们在一点上可以"同",也是令人欣慰的。

卢圣虎的作品始终书写着自己的人生轨迹、情感经历和认知变化,始终有在场的主人翁意识,体现出某种独特的自审意识和觉悟。

《诳语者》《我热衷记下永恒不变的发生》《花瓶》《目的地》等诗作,都显示了诗人中年的沉静与思辨。

在一只花瓶里,思考"善良和自由","狭窄让人孤绝／身外之物呈负数生长着"(《花瓶》)。在山谷之边滑行,"春风十里,富河荡漾／我的那点苦难仅仅是风的喘息／春天复活的一部分"(《目的地》)。《诳语者》中,诗人面对一根根细线,开始了质问。

诳语者

棉布由一根根细线织成
这最后的线头
不知握在谁手中

夜空由星星描绘
乡村才见到的萤火虫畅意低飞
月亮只是伤感的道具

正如人们,层出不穷的
披星戴月
只为努力出具一份证词

证明你看到的众星拱月
在低微的草丛里
就是昙花一现

应该说,卢圣虎近年的诗作,开始了对生活、人生和命运的终极思考,并且接近于残忍地翻找底牌,所以总体风格还是沉郁、略带伤感的。有些作品中的尖锐,时不时像一把匕首,刺痛我们的神经。卢圣虎始终坚持了自己"深度用词"的特点,偏"重"偏"冷",他像一个大力士,以自己的人生遭际与深刻体察,对入眼的万事万物,进行内心的重组与安置,完成作品个人品格的塑形。当然,我们也逐渐看到,卢圣虎的作品中渐渐有了"和解"与"感恩",这是深承生活教诲之后获得的智慧和豁达,与生活和解,与此世共处,也与自己和解和共处。显然,卢圣虎追求的某种平衡和通达,正在赋形。

4

  故乡永远是卢圣虎笔下的一个"在场",且卢圣虎的故乡,更集中体现了江汉平原的苦难和荣光。那里有着神奇的传说和影视文化辉煌的记忆,有韩英传唱的《洪湖水》,荷塘深处穿梭着一支神出鬼没的洪湖赤卫队。但卢圣虎对故乡的热爱,依然饱含着痛与愁,血和泪,自责与祈求。卢圣虎的家乡与我的老家监利相邻。属革命老区、鱼米之乡,农业为主的江汉平原,经济一直是欠发达地区。21世纪以来,随着交通的改善,洪监两地方有了一些起色,但依然在艰难的求生之中。卢圣虎关于乡村的记忆和描写,亦可以得到印证。

  《空中楼阁》体现了卢圣虎复杂纠结的心情:

> 从车窗望去
> 就像一触即逝的密集气泡
> 如果从空中俯瞰
> 一定是互不相识的悬棺
> 这与我经过的乡村截然不同
> 一边是揪心的不安
> 一边是恬静的灯盏

  从空中俯瞰,城市在"大片灯火"中"托起一栋栋空中楼阁",如"互不相识的悬棺","一边是揪心的不安/一边是恬静的灯盏",诗人在恍惚中,陷入了某种焦虑。如火如荼的城市成了"互不相识的悬棺",那死气沉沉的乡村,该如何萧索、荒芜……

  "莲"在诗人的笔下,一般是美好的,有多少诗人写出轻盈鲜丽之作,但在卢圣虎的笔下,依然是某种苦痛的象征。卢圣虎对故乡执拗的认定,一直如此,不依不饶。这片土地给了他太多苦难的记忆,使他无法"轻盈"起来。

莲及故乡的作物

> 有没有这样的时刻:徒对四壁
> 适度的低头也是无援,唯有默认
> 心怀恻隐势必楚歌四起
> 举起拳头又放下,逼上梁山又能如何
> 翻遍古书找不到答案
> 于是溯源,想起莲及故乡的作物
>
> 淤泥为背景,离岸最近的最先被采摘
> 夏末只现残荷,成熟苟活一季
> 有了花或果实注定蒂落

> 蔚蓝映着绿野，天空如大地之檐
> 仍然容不下随风起舞的麦穗
>
> 这样的时刻让我心灰意冷
> 一箪食一瓢饮，生易行难
> 少不了周而复始的盛开和衰败
> 抬头是虚远的天，埋首是沉默的泥

此诗中，卢圣虎的切入点是残荷，这一取位决定了此诗的基调。在残荷随风起舞低头之时，诗人听到的是"楚歌四起""这样的时刻让我心灰意冷"。在卢圣虎写故乡的诗作中，很少看到"优美"，那种湖边美景、渔歌互答、画舫穿流的景象几乎没有，这些美丽的意象，都在他心灵的视域，在精神的能见度里，成了"他物"，甚至对立面。故乡的深重苦难，无疑，更多让诗人感到生活的不易和人生的凛冽。

《三十年河西》中，卢圣虎有过清晰的表达：

> 从乡下走出
> 循着太阳的方向
> 由镇里到州县，终于
> 挤到省城
> 一路迤逦似乎越行越辽远

《清明》中，卢圣虎指出了回家的方向——奔向"一个叫故乡的地方"，"突然停电的乡村，萤火虫如镜子／照见一段羞愧的暗光／披星戴月几至穷途"。寥寥几笔，诗人写出了乡下的现实和困顿，"停电"和"萤火虫"是常见之物事，也是乡村的一种象征。

对于故乡，卢圣虎的眼里并非没有明媚与温暖，只不过他选择了另一种方式，有着某种使命与担当的方式，更加恨其不争的方式，也是他个人情怀的真实表达。我以为，这样的故乡虽然更多给我们呈现了苦难的记忆和困顿的现实，有着真实的硌痛与阻滞，却更多承载了热爱与深情。——每个人心中都有一个故乡，但没有人心中是完美的。这样的选择，是一种真正诗性的选择和价值的追求。

《玉米的几种命名》，卢圣虎对平原、山地、丘陵的玉米进行了指认和命名，赋予其不同的意义。"有人唤它玉奴，有人称它玉女？透出各圆其说的慈悲"。不仅是玉米，大凡洪湖岸边江汉平原的作物，卢圣虎的指认，都有着"各圆其说的慈悲"。卢圣虎这样的认定与和解非常彻底。

在一首《打桩》的诗中，诗人告诉了我们答案：

> 桩插在地下有多深
> 地上就有多亏欠

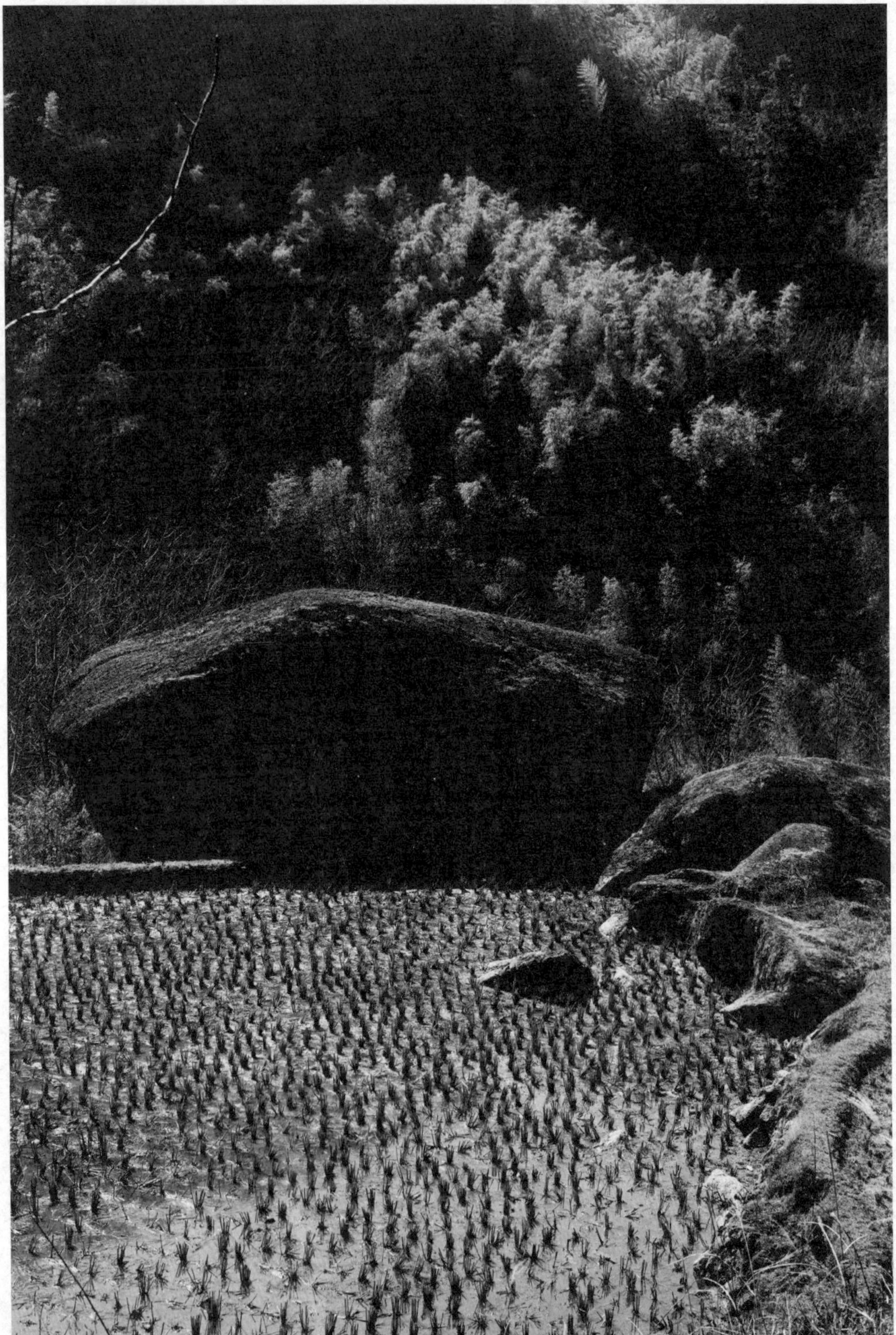

杨碧薇专栏
YANG BIWEI's Column

新力量：消费时代的电影诗性

新力量：消费时代的电影诗性

杨碧薇

我在上一篇专栏里提到，第六代之后，中国电影的代际划分已然失效。正如饶曙光所言，"以贾樟柯为终结，以宁浩为开端，新一代导演进入了'无君无父时代'"[1]。然而，命名的特殊性在于：虽然它不一定能做到严丝合缝、十全十美，但许多时候，人们又需要约定俗成的命名，以便于谈论、研究相关的现象。第六代以后，"新力量"正是这样一个命名。

2013年4月，《中国电影报》的特别策划首次提到了"新力量"一词[2]，并列出了王竞、林黎胜、薛晓路、陈宇等代表人物共计五十余位。同年8月，《当代电影》第8期"本期焦点"栏目推出了"中国电影新力量"专辑。2014年6月，中央电视台电影频道播出"2014中国电影新力量推介盛典"，此次盛典由国家新闻出版广电总局主导，邓超、韩寒、李芳芳、路阳等青年导演均有亮相。此后连续三年，电影局都举办"新力量导演论坛"。同年9月，《中国电影报》再次刊登影评《导演新力量市场成功的秘诀》，指出"早在十年前，业内就在呼唤电业的新生力量，现在他们开始集体发力，他们来了！"[3] 2015年10月25日，电影局在北京举办"中国电影新力量论坛"研讨会。2018年1月，陈旭光在《当代电影》发表《新时代　新力量　新美学——当下"新力量"导演群体及其"工业美学"建构》，对新力量导演的构成进行了初步的划分：演员出身，作家、诗人出，编剧出身，广告、视频等多媒体出身，专业出身，自学成才。他认为，这个青年导演群体"构成复杂、意向多元，但又有某些共性，而最重要的共性则是他们属于这个新时代，或者说，他们就是这个新的网

---

[1] 参阅虞吉、葛金松：《中国电影导演代际划分的终结》，《当代文坛》，2015年第5期。
[2] 参阅汪景然、李霆钧：《导演新力量的"逆光飞翔"》，《中国电影报》，2013年4月18日，第014版。
[3] 刘颖慧：《导演新力量市场成功的秘诀》，《中国电影报》，2014年9月3日，第014版。

络文化革命时代长出来的一代人"[1]。

在新力量导演开始活跃的时代,世界已走向了图像和消费。图像遮蔽的是"现实"的贫瘠与缺失,甚至不再与现实发生关联;很多时候,图像与现实剥离,仅仅服务于自身,并不断自我繁殖。图像的这种"自恋性",导致的是"超真实"(hyperreality)。在"超真实"下,事实不再是有血有肉的事实,而是批量模型产出的没有灵魂和感情的"真实"。这也就是说,"真实"成了符号,而商品,正具有这样的一种符号价值——"要成为消费对象,物品必须成为符号"[2]。最典型的例子莫过于人们在购买奢侈品时,想拥有的并不是具有实用性的物品,而是商品所表征的财富与地位。与商品亲密无间的,当然是消费。波德里亚(Jean Baudrillard)早就忧心忡忡地指出,而今,"我们处在'消费'控制着整个生活的境地"[3]。消费几乎取代了一切,成为唯一的事实。在消费社会中,理性被放逐,意义被内爆(implosion),艺术也被无情地异化。"文化工业抛弃了艺术原来的那种粗鲁而又天真的特征,把艺术提升为一种商品类型"[4]"艺术与日常生活之间的界限坍塌了,被商品包围的高雅艺术的特殊保护地位消失了"[5]。

电影亦处于这样的境况中。作为一种特殊的文化商品,由于其自身携带的图像性与消费性,电影更是充分体现了消费主义社会的特征。电影的危机也正在于此:在一个拟象世界中,早已没有唯一的中心,追问事实逻辑几乎不可能,理性秩序更是早已远去。面对商业与媒介的夹击,电影该往哪里去?这同样也是新力量导演的难题。中国电影的新生代,就在这一严峻的事实下开始了他们追寻诗性的旅程。

一、制片人中心制下的诗意调度

第四、五、六代导演都在不同程度上实现了"作者电影"之梦。作者电影为优秀的导演带来耀眼光环,他们自身也成为电影业的"标签"和"品牌"。这一点在第五代身上体现得尤为明显:导演本人有着广泛的名声,能更加顺畅地获得综合利益。一旦形成个人品牌效应,文化资本便能迅速与其他资本牵线搭桥、彼此携手,而这一切的前提都是导演中心制(Director-centered system)。

---

[1] 陈旭光:《新时代 新力量 新美学——当下"新力量"导演群体及其"工业美学"建构》,《当代电影》,2018年第1期。
[2] 尚·布希亚:《物体系》,林志明译,上海:上海人民出版社,2001年,第223页。
[3] 让·波德里亚:《消费社会》,刘成富等译,南京:南京大学出版社,2001年,第6页。
[4] 马克斯·霍克海默,西奥多·阿道尔诺:《启蒙辩证法:哲学断片》,渠敬东、曹卫东译,上海:上海人民出版社,2006年,第121页。
[5] 迈克·费瑟斯通:《消费文化与后现代主义》,刘精明译,南京:译林出版社,2000年,第36页。

对新力量导演而言，导演中心制却已是昨日之花。他们身处制片人中心制（Producer-centered system）的大环境，闭门造车、独霸天下的方式不再是可能。作为新生力量，新力量导演需要主动靠近制片人中心制，学会与其共存、互促。正如陈旭光所言，"遵循共同的价值取向和判断，那就是在主流意识形态、电影的商业性艺术性的矛盾纠葛中扮演好'体制内的作者'"[1]。但这并不是说导演已经成为提线木偶，而是强调导演应该在"作者电影性"、观赏性、商业性之间求得最佳的契合点，并尽全力去对影片质量进行细致打磨。只要能适应制片人中心制，具有个人风格标识的"作者电影"就仍有可能成为现实。袁一民就认为："在艺术家的个人层面，除了艺术作品的意识形态会受到国家意志的引导和规范以外，他们在电影生产场域中，依然被看作是处于支配地位的从属主体，即支配者。"[2]而对制片方、投资方来说，也希望遇到真正有才华的新导演："年轻人一样有好的创意和智慧产品，创意水平大家都差不多时，有名气的老人未必比年轻人更有优势。从企业的角度去投入的时候，年轻人作为电影新力量相对投入会低、回报可能较高。所以这种人才运转更多是一种企业选择行为和市场行为，这也是一个产业特点决定的选择行为。"[3]

在消费时代，新力量导演所做的，首先就是以制片人中心制为前提，站在前人的肩膀上，综合地把握电影的诗性。在他们的影片中，诗意呈现出丰富的层次和混合的形态。以毕赣的成名作《路边野餐》为例，影片中的诗意既能与现代心理学、后现代的能指漂移相结合，体现出"现时性"的一面，又能向回看，保留古典诗美的空间。其中的荡麦小镇，就是一个充满怀旧气息的悠远时空。在这里，人与人的交往也单纯美好，顺其自然。陈升为理发店老板娘唱了一首《小茉莉》，将磁带送给她，然后毫无所求地离去。抛开梦的背景来说，这也是一个诗意的小片段，"人们偶然相遇然后离去"（朴树：《旅途》），关于爱与离别，总是令人回味无穷。

其次，在视听层面，新力量电影也十分重视电影语言的调度，让诗意真正地落实到视觉和听觉上。在这方面，杨超的《长江图》是典型代表。《长江图》的摄影由著名摄影师李屏宾操刀，在结合剧情的基础上，影片的画面营造下足了功夫。影片刚开始时，画面是一个斜构图，江水从左下角至右上角，将画面分出了两种色调，深色部分是陆地，浅色部分是水与天。男主人公站在江中捞鱼，他所处的位置，正是画面九宫格上的右上角黄金分割点。当货船一路顺江而下时，水墨般的长江带着连绵的气韵，如画卷般徐徐展开，画面中浸透着浓郁的东方韵味。"《长江图》呈现了中国电影

---

[1] 陈旭光、张立娜：《电影工业美学原则与创作实现》，《电影艺术》，2018年第1期。
[2] 袁一民：《审美的实践逻辑——关于电影工业美学的社会学再阐释》，《北京电影学院学报》，2019年第12期。
[3] 赵海城、陈鹏、邱雨：《面对新消费群体的电影创作新力量——新导演与转型导演的创意价值与发展路径》，《当代电影》，2013年第8期。

中的'水墨影像'美学,它有意识地传承了中国古典绘画中的美学意识,重塑长江风景语法。"[1]

再次,虽然新力量导演群体不再以作者电影为圭臬,但以毕赣为代表的一小部分新生代导演,仍然在继承第六代作者电影的精神。第六代将诗性的触角伸向被忽视的城市空间,创造出一种废墟美学、边缘美学。新力量导演面对的则是"后废墟时代"——中心已不再确定,边缘亦不复是曾经的边缘,而是多边形的某些侧面,因此一切都处于涣散中,连废墟也没有了,有的只是盐碱地。在此情形下,新力量导演重建秩序,才能为他们手中那一点点无比宝贵的诗性找到栖息地。

盐碱地上的建设并非不可能。在哈贝马斯(Jürgen Habermas)看来,现代性并没有完成,它仍是"一项未完成的构想(project)"[2]。通过交往理性还可以重建现代性,从而建立一种更具普适性的运行原则,一种能进行沟通、达成共识的公共性。新力量导演在诗性的表达上,也需要一种交往思维:诗性本体与电影本体的交往、诗性与大众的交往、诗性与市场的交往。总而言之,要考虑到诗性的可接受性。在尝试中,他们找到了两个路径。一是平衡传统与现代。传统与现代并不是两个割裂的概念,在诗性的统摄下,它们是能够互相流淌、融合、转换的。《长江图》即为代表。二是平衡精英与大众,在二者之间寻求诗性的最大公约数,使精英能够从电影中得到共鸣,大众亦能从中获得启发。李芳芳的《无问西东》即为典型。这些新力量导演在诗性方面所做的尝试,为华语电影往深处走、往大处走提供了有益参照。而诗性在新力量电影中呈现出的样态、被接受程度,又从侧面反映出当下华语电影市场的真实面貌,乃至大众审美的平均水平。

二、共属经验:融汇传统与现代的电影诗性

诗性,是世上最为神秘的事物之一。在诗性的创造、理解与传播中,共属经验能发挥积极作用。"经验本身具有一种追求完整或者说朝着其内在各要素和尺度的统一进行运动的趋向,这就是经验本身的'隐德莱希'(entelechy)。每一个经验都渴望着成为一个完善的经验,也就是说,它们不满足于浅表的、局部的、破碎的状态,而力求深入、完整和统一"[3]。经验追求完整和理解,使艺术中的共属构成成为可能:"我们必须把艺术理解为人与事物之间的共属结构的一个例证。"[4]同理,电影也有着这样的共属结构。在电影中,诗性的存在和展现也依赖于共属经验。在新力量电影里,诗性的共属经验首先表现在类型的开放上;而类型的跨越,又有利于传统与现代的融合。

---

[1] 周冬莹:《趋向诗意电影的〈长江图〉与〈路边野餐〉》,《电影艺术》,2017年第3期。
[2] 哈贝马斯:《现代性的哲学话语》,曹卫东等译,南京:译林出版社,2004年,前言,第1页。
[3] 王凌云:《来自共属的经验》,北京:中国社会科学出版社,2017年,第12页。
[4] 王凌云:《来自共属的经验》,同上,第21页。

类型片，体现的是电影产业的标准化。新力量导演善于打破类型分野，调度不同类型的资源。类型的跨越使得电影有更多的接受可能。一直以来，富有诗意的影片都与文艺片保持着近亲式的关系，新力量导演在表达诗性时，却不单受文艺片这一类型的制约，他们较为大胆地启用叙事功能，注重剧情设计，在保持"文艺范"的同时讲好电影故事。张猛《钢的琴》（2011）、刁亦男《白日焰火》（2014）、程耳《罗曼蒂克消亡史》（2016）等都有这样的特性。这些影片不能被简单地规定为文艺片、诗电影或剧情片，类型划分对它们来说已然失效，但我们能看到，诗的神采在它们身上熠熠闪光。

在这些影片里，郝杰的《美姐》（2013）是较早的尝试，至今看来仍不过时。继《光棍儿》（2010）后，古灵精怪的郝杰再次将镜头对准中国农村。影片讲述了铁蛋和美姐母女四人的情感故事。居住在张家口农村的铁蛋是个六岁的男孩，他本能地爱上了剧团的漂亮演员美姐。后来，美姐全家离开了村子。十多年后，铁蛋长成了小伙子，美姐芳华不再——而她的大女儿，长得和她年轻时一模一样。铁蛋和美姐的大女儿恋爱，美姐却狠心把大女儿嫁走；为补偿铁蛋，她又把哑巴二女儿嫁给了他。这对铁蛋来说是一个巨大的打击，新组建的家庭也无法满足他的感情需要。他离开了家，跟着剧团四处演出，最终磨炼成一名优秀的二人台演员。几年后，美姐的三女儿也来报考剧团，热情似火的她和母亲年轻时也长得很像！铁蛋再次陷入命运的考验中……

《美姐》的基本定位是喜剧，影片还融合了剧情、农村、伦理、家庭、情感等类型，在华语电影中是不折不扣的另类。这让人想到第四代导演胡柄榴的"田园三部曲"。20世纪80年代，"田园三部曲"（《乡情》《乡音》《乡民》）以剧情片的形式记录了中国的农村生活。在表现农村自然风光和当代农村生活时，影片不时透露出文人电影的诗意美，亦暗含着一种正剧的腔调。此后的中国农村电影，基本延续了"田园三部曲"的模式，鲜有变化。而郝杰自《光棍儿》起，就用富有生活情趣的喜剧来解构正剧的唯一性，用真正融入农村的平民视角去探索农村的真实生活与深层伦理。更难得的是，他对中国农村怀抱着理解和同情。所以，观众在他影片里看到的农村才是立体的，有血有肉，有快乐有悲伤，也有生活趣味。在处理贫穷愚昧的素材时，影片则持一种难得的宽容态度，谐中有庄，谐而不俗，而非一味地指责、居高临下地批判。

《美姐》的笑声中自然少不了诗性的片断。铁蛋的失恋，就是一个诗的段落。他随剧团离开故乡，远赴内蒙古演出。只见他坐在剧团的拖拉机上，无数往事在他脑海中闪回：先是美姐离他而去，然后是他与美姐大女儿的美好恋情；再后来，是痛苦的分离，他违心地结了婚……拖拉机慢慢地开着，铁蛋慢慢地回忆着，逆光镜头下，他的脸在一片朦胧的光影中，他的心思也如光影般混沌迷茫，能够安慰他的唯有眼前的路，它就是他的远方。在这个段落里，闪回的镜头、抒情的音乐，都将观众带进铁蛋的情感世界。此外，《美姐》的诗性建构还少不了一个重要的民俗事象：二人台。二人台的片断与影片故事自然衔接，极富感染力。人物的内心情感、生活状态都融入在二人台的表演中，即使是没有看过二人台的观众，也能有所感触，从而喜欢上这一生动活泼的传统民俗艺术。

跨越类型，并将诗意的传统一面与现代一面有机统筹，在这一向度上，程耳的《罗曼蒂克消亡史》也是一部不可忽视的佳作。这部影片的首要定位是商业片，但其剧情结构与传统意义上的商业片有很大不同。传统的商业片是以讲故事为主，故而基本走剧情片模式，叙事节奏较快，叙述推进环环相扣。而《罗曼蒂克消亡史》首先就打破了"一个故事讲到底"的商业片叙述法则：影片自始至终就没有一个完整的故事，而是讲一群人的故事，这些人物或有千丝万缕的联系，或干脆就互不相识，他们的遭际各个不一；每个人的故事也都不是完整的，只是某一段经历。影片在叙述时，叙述对象经常转移，从一个人突然跳到另一个人。由于叙事如此跳跃，观众必须要打破传统商业片思维的限制，才能更充分地去理解剧情。这种散射式的叙事，显然具有诗的跳跃感。人物的来龙去脉被隐没，浮出水面的信息只是冰山一角。删繁就简的情节，制造了诗的效果；那些空出的部分调动起观众的想象力，而这正是导演想要做到的。他说："每个观众都可能会有自己不同的解读方式，怎么解读都是对的。"[1] 叙事上的空缺，既突出了古典诗歌式的留白之美，又不失现代诗歌式的腾跳之美。

　　《罗曼蒂克消亡史》融合商业、文艺、剧情、悬疑、犯罪、黑帮等类型，其诗意核心是对浪漫的、美的事物之消逝的惋惜。影片在诸多方面都可圈可点，例如对"旧上海"意象的呈现，服饰、道具、环境都起了重要作用，上海方言更是功不可没——语言是最好的语境还原工具，让时空一下子就转回民国年间。然而，这又是一个新的"旧上海"，因为影片的讲述（叙事方式、背景音乐等）具有明显的当代性。一旧一新之间，观众会不时从旧上海的幻影中抽离，来到某个太虚幻境，面对姹紫嫣红开遍，只觉满心惆怅。这种惆怅正是诗的土壤。程耳创造一个时空（旧上海），同时又有意地遮蔽一个时空，把影片带入一个幻觉空间，与诗同在。

　　在这些影片中，还有一部值得探讨的作品，杨超的《长江图》。《长江图》里，男主人公高淳对女主人公安陆的人生一无所知，也始终无法掌握其行踪，他能做的只是翻开诗集，通过诗歌去感悟抵达的城市，同时期待安陆的来临。这些诗歌的主题有对陆地的疏离、对人世的透视、对文明的反思，以及维护个体精神纯净的愿景。高淳经过鄂州时读到的一首诗，集中展示了这些主题，可作为影片的"元诗歌"（Meta-poetry）来解读："两岸的城市都已背信弃义／我不会上岸／加入他们的万家灯火。"除此之外，《长江图》最大的亮点就是视觉的诗意。影片的画面非常精美，在李屏宾的掌控下，展现出醇厚典雅的东方之美。而高淳与安陆的爱情、高淳在人世的困惑与游荡，这些具有后现代意味的故事经古典美的摄影之手，也无形中蒙上了一层独特的诗意。

　　以上影片类型不一，内容迥异，在表达诗意时都兼顾了传统与现代的平衡，既没有一味地往古典审美上靠，显得阳春白雪、曲高和寡，也没有彻底地投靠现代审美，令人一头雾水、不知所云。

---

[1]《〈罗曼蒂克消亡史〉最全解读，看这一篇就够了》，微信公众号"豆瓣电影"，2016年12月18日。

这些尝试令我们看到：新力量导演在诗性的呈现上寻找着"折中"的原点。他们的尝试既印证了当代文化的蓬勃发展，又受到不可忽视的消费主义影响。一切都说明：当下电影中的诗性表达，正在向消费转型。

在消费的映照下，与第六代导演的起航时代相比，新力量导演真正地进入了一个后现代主义的文化空间。在这里，后现代主义的基本特征都逐一呈现出来，"不确定性、多元性、含混性、解构性、无历史性、无深度性、主体性的丧失、拼贴和碎片化"[1]。在后现代社会，人的主体性也在不断丧失，人对永恒之物和艺术的感受力在持续降低："我们失却了对纪念性、重量、稳定之类的偏爱。对光亮、实用、短暂、多变之类的感受更为敏感。"[2] 这样的时代背景，带给新力量导演的既是机遇又是挑战。机遇在于他们面临更少的规约，有更多的创作可能性；挑战在于电影作为一种文化商品要受到消费主义的检验，快餐文化、网络文化都在导致文化产品的平面化、无深度性和非艺术性。因此，这个时代众声喧哗的"文化"狂欢和视觉消费背后，可能恰恰是文化的后退，是主体的丧失、历史的断裂、艺术的危机。

面对后现代主义的挑战，诗性是一种带领艺术通向彼岸的摆渡之物。因为诗存在敞开，它最接近真理："作为澄明着的筹划，诗在无蔽状态那里展开的东西和先行抛入形态之裂隙中的东西，是让无蔽发生的敞开领域，并且是这样，即现在，敞开领域才在存在者中间使存在者发光和鸣响"[3] "诗乃是存在者之无蔽的道说"[4]。今日的电影，也应该积极地呼唤诗性，在一种多边形的创作格局中建立内在的稳定秩序。而新力量导演，正是借助诗性的力量不懈地探索着电影的奥秘。作为年轻的"体制内作者"，他们在服膺于制片人中心制的前提下，尽可能地大胆尝试。面对商业现实，他们果断地拆除类型的墙壁，在诗性的辐照下，积极融汇古典诗意与现代诗意，结合诗意中可转换为消费性的部分，打造出具有后现代美学色彩的"新作者电影"。这些做法，把电影与诗的关系提到了一个新的高度：电影能够用自己的语言，创造出普适性的、既不失高度又不失活力的"新的诗意"。

---

[1] 伊哈布·哈桑：《后现代转向》，刘象愚译，上海：上海人民出版社，2015年，译序，第13页。
[2] 查尔斯·詹克斯：《后现代建筑语言》，李大夏摘译，北京：中国建筑工业出版社，1986年，第20页。
[3] 海德格尔：《林中路》，上海：上海译文出版社，2004年，第60页。
[4] 海德格尔：《林中路》，同上，第61页。

草树专栏
CAOSHU's Column

词与物的"三重门"

词与物的"三重门"

草树

我离开母校湘潭大学二十年后，再回去，原来那所没有围墙的大学，入口处建造了大门，门前竖立着巨大的毛泽东塑像。当年这所号称"南方清华"的大学终于有了完整的模样，尤其那个大门非常独特，不是传统的那种门，而是三道门并列，中间高，两边低，气势雄伟，结构稳固。非纵深而是并置，我以为其中有深意。设计师是谁？设计的初衷为何？我没有去考证。在中国的建筑历史中，这种并置形式的设计很少见，传统的深宅大院，门套着门，纵深排列，显现其幽深和神秘，则至为普遍。此门是敞开的，三道门通向同一个地方，每个人可以对它们做出任意选择。

我似乎感觉它脱离了实用主义，更无政治学和社会学隐义，完全是美学的，有着鲜明的现代感。它很长时间在我的脑海里，只是一个纯粹的形式。我后来才发现，有人赋予了它不同的内容，比如有的说它代表着湘潭大学是文、理、工综合性大学；有的说它蕴涵"一生二，二生三，三生万物"的哲学思维；或每个拱门像汉字"人"，三道门代表三人成众，众志成城；等等。它生长歧义，在某种意义上和语言的本质是一致的。或许正是这座特殊的门，一个独特的门的形象，让我下意识为词与物的门径，找到了一个可以展开言说的契机。

对于诗歌来说，不管它是无名氏写作的《诗经》《击壤歌》，还是自屈原到李杜苏辛，直至当代诗人的作品，无不关涉词与物的关系。词与物，语言和世界，自我和他者，其内在联系的建构，不是一条沥青路能够直达，而是一条真正"通向语言的道路"，或直接，或曲折，或抽象还原，或戏仿比拟，各有它的精妙处。只是大体说来，诗人建构语言和世界的关联，大致可归为三个原则：相似性，毗邻性，悖谬性。依据这三个原则，诗人以诗求真，或可"臻于至善"，不妨把它们称之为词与物的"三重门"。

相似性

　　中国古典诗学，比兴可概括其要义。比者，比喻也，这是诗歌写作基本的修辞手法，它依据的即是事物之间的相似性。以相似性原则去发现或寻找事物之间的内在关联，有明喻、暗喻、隐喻、提喻、比拟、借代等等，修辞的得体与否，真诚是衡量尺度。在中国古代哲学里，"修辞立其诚"，首先是关乎做人，引申到作文是后来的事。冯友兰先生说中国古代哲学的精神是"极高明而道中庸"，"极高明"指的是道统的天地境界，但是道统是"为我"，是自私的；"道中庸"则关乎人伦日用，是利他的，是儒家学说的精髓，"执其两端，得用其中"，它的根基是真诚，因此中国古代哲学里说到修辞，不单是方法论，更是世界观。或许正是因为这样，中国古代诗歌较少使用类比，或者说没有把类比作为诗歌的基本节奏和整体性结构，即便主体性彰显，汪洋恣肆如李白，大量使用类比或隐喻，但不是结构性的，而是局部的、为感受或直觉服务的。比如《将进酒》，"君不见黄河之水天上来，奔流到海不复回。君不见高堂明镜悲白发，朝如青丝暮成雪。人生得意须尽欢，莫使金樽空对月。天生我材必有用，千金散尽还复来。"它的整体结构，是对话性的，诗中的"君"可以是把酒对月的岑夫子、丹丘生，也可以是广义的"你"，甚至包括所有人。诗人写的是圣贤之寂寞和孤独，每个人要面对的"万古愁"，所以不管黄河隐喻时间或暮雪隐喻白发，都不过是局部的修饰，其整体结构是对话性的。激烈情感和恣意想象生成铺排的形式，形成诗歌节奏，不同于纯粹的主体性表达的地方在于，诗人不是作为一个面对天地世界的宣叙者，而是一个对话者：一个有着"圣贤"理想的人，一个"君子"，而不是一个社会或时代的代言人，或上帝派来的先知。这是中国古典诗歌一个写作坐标的原点，清晰、明确，其写作坐标的轨迹不一，则因不同诗人的个性和际遇不同而不同。在这个意义上说，中国古代诗歌传统从来就是一元论的，没有什么二元对立的焦虑，也无须什么后现代主义去中心化，因为我们的诗歌传统本身就没有主体性张扬带来的二元失衡。

　　帕斯说："类比是诗人的语言，类比就是节奏。叶芝继续的是布莱克的路线，艾略特则标志着节奏的另一个时代。在前者，胜利的是节奏的价值；而在后者，胜利的是概念的价值。一个创造或复活神话，是本来意义上的诗人。另一个则利用古老的神话来揭示现代人的状况。"姑且不论叶芝作为一个从浪漫主义进入现代主义门槛，在哪些层面超越了浪漫主义诗人布莱克，至少从他的"诗是自我的争辩"这一个人化定义可以看出，叶芝比起布莱克，显然有了自我内在的省思和审视。不论其爱情名篇《当你老了》娓娓动人的诉说具有隐在的对话性，还是《人与回声》的自我对话，前者不同于普希金的浪漫主义名篇《致凯恩》借助两个类比（昙花和幻影）生成的强劲韵律和高亢语调，后者也不同于布莱克《天真的预示》那种先知语调和格言式表达，尤其依托于类比完成诗的结构。

　　1966年，福柯的《词与物》出版，正当存在主义如日中天。如果存在主义是以人为中心来看待和解释世界，那么福柯的这本书正好相反，他深刻地批判了以人为中心建构世界的方式。在这本书的开篇，福柯用了大量的细致入微的描述，解读了16世纪西班牙画家委拉斯凯兹创作的名画《宫娥》。这幅画大概是一个画家正在给西班牙国王夫妇画肖像画,画的主角自然是西班牙国王菲利普四世夫妇。但是他们并没有作为画中人物出现,而是在画中间的一面小镜子里面照映出来,换句话说,他们从这幅画的现场消失了。主体性的消失大约是这幅画想表达的主题,这个主题跟福柯在这本书的最后一句话形成了前后呼应。福柯说:人将被抹去,如同大海边沙滩上的一张脸。西班牙国王是最高权威的象征,这里福柯用国王来隐喻人类,而画本身的内容即是世界的表象,表象的主体是西班牙国王夫妇,但是国王夫妇却消失在画中,只以镜像的形式出现。在18世纪末和19世纪初,人成为科学知识的对象,并使自己成为事物的尺度。福柯批评了现代科学以人类为中心的价值取向,并预测人类很快将作为科学的对象而消失,就像菲利普四世消失在这幅画中一样。福柯按照历史顺序把人类认知类型的演化分为三个阶段:第一个阶段是16世纪末之前,是传统的知识型时期,知识形式是以"相似性"为核心秩序;第二阶段是17—18世纪,是古典知识型时期,这个时期知识的特点是"表象性",是以事物的表象为核心秩序;第三时期是18世纪末到19世纪,是现代知识型时期,这个时期的知识的特点是"自我表象性"。这三个阶段具体是什么意思?它们又是如何不断演化来的呢?我们在这里不讨论人类文化考古学的问题,只谈福柯的思想对诗学的启示,那就是被他称之为传统知识型的核心秩序:相似性。福柯说,直到16世纪末,人类对世界的认识都来自"相似性",或者说我们的知识形式都是基于"相似性"建构起来的。福柯还归纳总结了相似性的四种形式:适合、仿效、类推、交感。适合是因为位置相邻而呈现出的一种相似性,事物在空间上相邻,具有某种相似性或者说相适合性,就像我们常说"物以类聚,人以群分"一样。相邻的事物被某种"适合"的秩序连接在一起,鱼和水,大地和植物,天空和鸟,世间万物因为某种空间的相邻,而具有某种相似性,这是我们对物理世界的一种典型认识方式,也是我们认知的起点,这种认知来自我们对世界的直观认识,世界就像一根链条一样被联系在一起。如果说适合是空间上的相邻,那么仿效就打破了这种空间的局限,是对整体空间感的分割,比如人的眼睛就像天上的星星,人的笑脸就像灿烂的太阳,在效仿中,世界并不是像一个链条被联系在一起,而是像一个个同心圆一样展开。认识是围绕某一些事物,不断地扩散开来的,比如围绕着人,围绕着天空和大地。类推是一种带有适合和仿效特征的相似性。类推的相似性,打破了可见事物的连接,深入事物内部。换句话说,类推比适合和仿效更进一步,这种相似性连接范围更广、深度更深,比如把植物看成是站立着的动物。植物像动物一样也有静脉网络,它们从根部吸收营养,并把这些营养输送到植物的头部,也就是鲜花和叶子,这有点像动物体内的静脉网络一样,从腹下部开始,把营养一直输送到心脏和头部。显然类推相似性更具想象力。福柯说,通过类推,宇宙中的所有人和物就可以相互靠近了。宇宙就是由一个纵横交错的连接网络构成的,而人就是这个连接网络中的一个个节点。人通过类推的相似性,把宇宙万物组织到一个网络中。交感是一种更高级也比较抽象的相似性,在这里没有事先规定的路径,也没有距离的限制,也没有规定的联系,交感自由自在地在宇宙深处发挥作用,穿越空间,跨越时间。我们通过交感这种相似性联系,可以把任何事物联系起来,构成一个秩序,比如在葬礼上使用月季花纪念死者,这些花与死者产生了某种联系,使得闻到它们味道的人,都会感到悲伤和憔悴。但福柯认为，交感是一种强求的"同"，而且是一种危险的同化力。因为它把物与物等同起来，让它们混合起来，使它们的个体性消失了。或者说，这种相似性越来越脱离经验直观。

不难看出，福柯对相似性原则背后的文化追溯是大有深意的，他试图为建构语言和世界关联探寻更为合理的路径。后现代主义哲学之去中心化，强调人类和天地世界都是平等的主体，致力于在不同主体之间的间性建设。但是正如帕斯所言："西方世界是'非此即彼'的世界，东方世界是'此和彼'共存的世界，甚至是'此即彼'的世界。"西方人的哲学逻辑，非此即彼，二元对立，零和博弈，不可能"和而不同"，不能执两端用其中，当然更不可能像庄子那样去看待世界——生是对死而言的，反之亦然；肯定是对否定而言的，反之亦然；此具有肯定和否定的两面，还产生它的此与彼。真正的智者弃绝此与彼，而循于道。由此可见，现代主义的大师们试图以相似性原则建构主观和客观、词与物的关联，其根本核心是以人类为中心的，只要这一坐标原点不变，世界就难免陷入无休止的二元对立，即便在诗歌的发展史上出现了超越现代主义的大师如曼德尔施塔姆、阿米亥、赫伯特、策兰、拉金、希尼等，西方在现实政治上的文化逻辑，依然没有半点改观。

值得一提的是，中国新诗的发展是深受现代主义影响的。新诗的发展是以失去传统文化的精髓为代价，普遍依托相似性原则。新诗背后的"君子"不再存在，而是饱受西方文化洗礼的"知识分子"，新诗的表达以我为主，意象化和抽象化，比比皆是。唯我主义、唯意志论、唯物主义，是相似性原则背后的真正主宰者。如果说朦胧诗的主体性意识觉醒有助于纠正新诗从革命浪漫主义的空心化抽离，那么后朦胧诗形而上的高蹈依然深陷相似性原则的类比结构中，效仿艾略特式的神话写作，却不能像艾略特那样将拉丁神话的秩序和现实的混乱有效地并置于一个统一的语境中，并通过语言能指实现转换而非依傍意义的逻辑，因此后朦胧诗的现代主义的语言实验，并未产生重大语言成果。20世纪80年代中期第三代诗人的出场，在一定程度上厘清了汉语写作的坐标原点：回到人、回到日常、回到语言本体建构诗的整体结构，也就自然不再完全依赖相似性原则，也不以类比作为诗的基本节奏，口语叙事成为消解意义的"利器"，相似性退居局部，着力于言情状物。但是以口语叙事为策略，并未建立起清晰的诗学根基，多呈现为先锋姿态的表达。直到90年代一些诗人开始尝试接通传统的血脉，在传统和现代的断层建立语言的桥梁，才有真正的汉声和有中国气象的当代诗出现。或许可以说，只有到了90年代以后，当代诗才真正走向多元、成熟，词与物关系的建构不再依傍单一的相似性门径，而是开始确立逐步成熟的现代性诗歌美学，写作主体的克制成为普遍自觉，轻感发而重兴会，于是毗邻性和悖谬性，无一例外都成为建构语言和世界的关联的重要门径。

毗邻性

当代诗人吕德安有一首名作《父亲和我》，大约是因为对于最基本的人伦关系的情感抒发比较容易引发共情，因此流传甚广。其实在艺术上，他的另一首诗鲜为人知，却更胜一筹。这就是《继父》。在《继父》中，我们可以看到写作主体保持了足够的克制，几近沉默，语言诉诸倾听和观看，院子里的顽石的遗址和继父的存在处境，看似没有关联又有着微妙的关系。顽石和继父实际上就是一种毗邻性存在，各自独立，又共存于一个统一的语境，都是没有得到真正命名的。诗人也许践行了维特根斯坦那句著名的教诲，"对于不可言说之物，唯有保持沉默"。在这里，正是因为沉默，语言获得了尊严：语言以其自身说话，并获得耐人寻味的多义性。

中国古典诗歌从《诗经》始，就树立了许多基于毗邻性原则开辟词与物关联路径的典范。《关雎》中的关雎之鸣和"君子好逑"并无内在的相似性，当然在表象上更无相似性可言，但是两者之间的微妙关系，不言而喻又不可言说。古人说，此谓兴，兴者，以一物唤起对他物的联想也。如果说"比"（类比）依据的是相似性原则，那么"兴"则显然依托事物之间的一种毗邻性：相互共存于一个语言场又没有任何依附和从属关系，各自保持独立又有着说不清道不明的微妙关系；在艺术上，它当然更高级——不以相似性的精确度分伯仲而以事物之间关联的微妙取胜，并让写作主体的意志退场，主体言说的频道关闭。我们也可以说类似这样的写作，其语言和世界的关联性建构，是以语言言说实现的，重于间性建设而非主体性的彰显。

毗邻性原则并不拘囿于时间和空间的同一，它同样可以打破线性时间而进入一种共时性的共存。"海内存知己，天涯若比邻。"各自独立的存在，由于内在的友谊般的关联，它们同样服从于气息吸引而聚集于同一个语境，这也堪称中国古典传统诗学"知音说"的精确隐喻。李白《公无渡河》云："黄河西来决昆仑，咆哮万里触龙门。波滔天，尧咨嗟。大禹理百川，儿啼不窥家。杀湍湮洪水，九州始蚕麻。其害乃去，茫然风沙。被发之叟狂而痴，清晨临流欲奚为。旁人不惜妻止之，公无渡河苦渡之。虎可搏，河难凭，公果溺死流海湄。有长鲸白齿若雪山，公乎公乎挂罥于其间。箜篌所悲竟不还。"面对黄河之水，尧帝慨叹，大禹治水三过家门而不入，狂夫决意渡河，意欲征服之，三者不在一个时代但因为黄河作为纽带而将它们联系起来，黄河遂成为存在的场域、文明的纽带。我们不难发现，作为中国古典诗歌浪漫主义的杰出代表，李白付诸语言的是观看和倾听，而不是主体意志的彰显，完全不同于西方浪漫主义的先知传统。这种毗邻性的语言建构，具有悠远的时空意识和历史感，人的存在被置放在一个更为深邃辽阔的时空坐标上。如果说大禹治水体现了一种英雄主义和利他精神，那么李白集中笔墨描述的狂夫执意渡河，则更多是精神意义上的，如一则寓言，或正是来自诗人自身精神气质的投射。

李白诗狂放不羁，想象卓然，仿佛天马行空，其实不然，其内在则处处体现遵循语言规约的自觉。从《公无渡河》一诗就可以看出，李白并非一个僭越语言边界的人，其精神高蹈，却能落实，而不是像新诗中的形而上思辨，凌空蹈虚，不能落实，陷入个人化的神秘主义。李白诗的语言势能，源于他的超越性视野和自由不羁的个性和精神，更多受到中国古典哲学道统一脉的影响，有天地境界，有齐物的语言意识。道家的哲学观念是一元论的，世界就是自我，自我就是世界，世界与自我一体。这个自我即"吾"，为"本我"，而不是主观的"我"，因此挖掘自我即是向"道"追根溯源。对于语言来说，道即是气息（灵魂）、词语（原发状态的语言），而"吾丧我"给予语言学的启示,则是专注于能指,而将沉积于头脑里的意义沉积或表达欲望予以抑制,最大程度保持客观,以期求真,也不断焕发语言的活力。所以,毗邻性原则下的语言风景是敞开的,也是独立的,事物之间没有从属关系;而作为一种语言事实,源于写作主体的观看与倾听,写作主体更多处于表达的克制甚至抑制状态,或者说沉默。

20世纪80年代中国的先锋诗歌革命,强调身体的在场,回到语言本体,回到一个真正意义上的人,究其根本,就是抑制自我,专注感官——当然这里的"自我"是那个主观化的"我",而不是"吾"(具有纯粹理性思维的"我")。换句话说,写作主体必须克制表达的欲望,致力于诗之观和听,开放感官,管辖舌头。如此一来,除了先锋文学观念和姿态的具象化表达,诗更多依托毗邻性原则去建构词与物的关系,而不是相似性原则;也只有在此语言路径上,不再有内容和形式之争辩,内容和形式浑然一体,内容寓于形式之中,诗的结构也从预设变成自动生成,一种真正具有生物属性(而不是立法属性)的诗学才宣告诞生;语言不再是工具,诗也不是意义的载体——而是意义的生长体。以北岛为代表的今天派诗人,创造了朦胧诗时代——尽管十分短暂,他们是新诗现代性之路再出发的先锋、先知。他们的诗歌是立法属性的,作为一代人的代言角色发声,质疑、反拨,确立主体性的意识。即便舒婷广为流传的《致橡树》,看似书写爱情,本质上也是一种爱情观念的表达,关乎女性独立意识的觉醒。诗人为了赋予这样的表达以诗性,就理所当然依傍相似性原则,将男女之间的关系类比橡树和橡树周边场域的事物,比如凌霄花、流云、雷霆、木棉等,是典型的福柯之相似性的"适合"法则。当然诗人于此引进了否定性范畴,以"不"成就"是",是现代性诗歌美学的一个先兆。于坚的《尚义街六号》显然不再有主体意志的彰显,诗人不是作为一个立法者,而是作为尚义街日常生活的普通一员,其呈现的生活图景不是从属于某种观念,而是一种此在性的存在。当然,其背后的写作观念,发生了巨大的变化,诗人从一个表达者变成一个观看者或倾听者,同时诗人自身也被纳入语言的视野。在诗的整体结构上,是依据毗邻性原则去建构词与物、诗与真的关系,诗性的真实和正义被摆到前所未有的高度。当然,朦胧诗的英雄主义和先知姿态在特定的、尚未完全摆脱蒙昧的时代,有着启蒙的功用和美学的价值,但是当人类完成了主体性的建设之后,依然沉溺于主体性彰显,就不再是先锋姿态,更多会陷入陈词滥调的泥淖。即便以象征主义改良相似性原则的法门,也同样会在语言学上陷入尴尬:能指和所指的任意性关系不能得到充分保证,主体和客体的应和或对应不断陷入僵化,由此构建的语言世界,自然难免变得像一张元素周期表一样枯燥乏味。

依据毗邻性原则建立的现代性诗歌美学,其艺术特征是空间性的。事物以并置的方式出现在一个共同的语境,这种并置结构打破了传统叙事或抒情的历时性时间观念,表现为共时性或瞬时性的空间并置结构——前者是20世纪现代主义文学最为流行的结构形式,后者则更多出现在后现代主义文学的作品中,或可从中国古典诗歌找到大量的例证。无论《追忆逝水年华》《喧哗与骚动》,还是《尤利西斯》《荒原》——以《荒原》为例,我们不难发现全诗的结构,虽然有诗人精心的设计,通过题词、注释、不同篇章的主题，去表达一个拯救现代人的精神幻灭的主题，但是从《死者葬仪》就可以看出，诗在具体的语言行动中，整体上是依据毗邻性原则，打破了历时性的时间观念，彻底改造了象征主义主客"应和"理论在写作实践上的不断程式化。艾略特的"非个人化"诗学理念，在这里堪称运用得淋漓尽致。《死者葬仪》的五个场景和不同声音看上去没有任何关联，读上去十分晦涩难解，但是它们并置在一个共同的语境里，有赖于那个看上去有些古怪的题词："是的，我自己亲眼看见古米的西比尔吊在一个笼子里。孩子们在问她'西比尔，你要什么'的时候，她回答说，我要死。"希腊神话中的阿波罗爱上了西比尔，施与她预言的能力，她因为泄露预言受罚而被关在笼子里，她从阿波罗那里求得她手里的沙子一样多的年龄，却忘了问阿波罗要永恒的青春，日渐憔悴，最后几乎缩成空壳，却依然求死不得。这一则题词显然象征着现代人虽死犹生、精神幻灭的存在处境，它奠定了全诗的基调，是一个起兴，或者也可以说它为全诗营造了一种氛围——正是在这种氛围中，或者在一种独特的气息中，不同的形象和场景实现了"气息的结盟"（本雅明）。开篇的写景和抒情（在寻找圣杯的神话传统里，春天是死亡的季节）因为导入象征性人物玛丽，显然被赋予了叙事焦点，即以玛丽的个人感受和日常生活展开诗的语言行动。这也是艾略特"非个人化"创作理念的一个伟大实践，或者说是"自我客观化"一种。"夏天来得出人意料，在下阵雨的时候／来到了斯丹卜基西；我们在柱廊下躲避，／等太阳出来又进了霍夫加登，／喝咖啡，闲谈了一个小时。／我不是俄国人，我是立陶宛来的，是地道的德国人。／而且我们小时候住在大公那里／我表兄家，他带着我出去滑雪橇，／我很害怕。他说，玛丽，／玛丽，牢牢揪住。我们就往下冲。／在山上，那里你觉得自由。／大半个晚上我看书，冬天我到南方。"（赵萝蕤译，下同）诗中的玛丽即玛丽拉里希伯爵夫人，是奥地利女王伊丽莎白的侄女。她的回忆录《我的过去》描绘了第一次世界大战后，奥地利贵族的财产和影响的日渐衰落，以及他们破灭了的浪漫史。按照艾略特夫人的说法，诗人曾经和伯爵夫人有过一次谈话，这段诗主要依此写成。但是从文本来看，我们从客观性的日常生活场景可以感受到玛丽的空虚、无聊和存在感的缺失。诗中玛丽在闲聊时的声音"我不是俄国人，我是立陶宛来的，是地道的德国人"原文为德文，注者认为诗人有影射现代社会和文明的混乱和衰落之意，但即便不做阐释，我们依然可以感受到玛丽的身份焦虑——她的身份一度那么显赫。

《死者葬仪》的第二节是《以西结书》第二章第一节和《传道书》第十二章第五节的重构，诗中描绘了一个干涸、没有生命力、没有精神慰藉的荒原，这一节出现上帝的声音："人子啊，／你说不出，也猜不到，因为你只知道／一堆破烂的偶像，承受着太阳的鞭打／枯死的树没有遮阴。蟋蟀的声音也不使人放心，／礁石间没有流水的声音。只有／这块红石下有影子，／（请走进这块红石下的影子）／我要指点你一件事，它既不像／你早起的影子，在你后面迈步；／也不像傍晚的，站起身来迎着你；／我要给你看恐惧在一把尘土里。""恐惧"是这节诗的关键词，也许正是因为人类失去了对上帝和万物的敬畏，丧失信仰，无所恐惧，才导致第一次世界大战那样的灾难和人类精神的幻灭。抛开诗的寓意，我们不禁惊人地发现语言创造现实的力量，它打破了古典主义和浪漫主义的观念，将语言现实同样纳入精神现实的范畴，归入一首诗的具体行动，打破了现实和虚构的界限。按照注解，这一章的第三节是对华格纳歌剧《特利斯坦和绮索尔德》的重构，马丹梭梭屈里士和爱奎尔太太也是诗人的虚构。在1934年4月6日的信件中，艾略特写道："没有任何有关索梭斯特里斯女士（Madame Sosostris，上文译者采用了直译，其名和弗雷泽《金枝》中的征服者Sesostris谐音），埃通太太（即爱奎尔太太，译名不同）的文学资料，就我所知，这些人名与人都是纯粹的创造，但如果你是柯勒律治的学生，你就会知道记忆在创造中起了多么大的作用。"同时，他曾给出过如下回忆："我的一位邻居邀请我去她家吃饭；多亏了她，我才有机会接触塔罗牌，我在《荒原》里提到了塔罗牌，对此我谨向她致以崇高的谢意。但我不愿让我现在的读者得出这样的结论：这位女士就是我的索索斯特里斯夫人——一个完全虚构的人物——的原型。"在《金枝》中，弗雷泽曾提到一尊赫梯人的雕像："希罗多德认为这一形象代表了埃及国王与征服者索索斯特里斯（Sesostris）。"此外在阿道司·赫胥黎1921年出版的处女作《克罗姆·耶罗》（Crome Yellow）中，角色斯科洛根先生曾在一场化装舞会上打扮成波西米亚女巫，自称"爱克巴塔纳的女术士索梭斯特里斯"。在1952年3月10日的信件中，艾略特写道："我确实粗略地读过《克罗姆·耶罗》，几乎可以肯定，我是从赫胥黎先生那里借来这个名字的，但写的时候我并没有意识到。"这一节根据文学作品和神话典故虚构的场面，影射了现代人行为的荒谬和对自身命运的忧虑，它和特利斯坦因自己的挚友出卖并伤害在等待自己的情人到来问仆人时得到的回话"荒凉而空虚是那大海"，有着内在的一致。这种大胆的并置结构不再是A像B那种类比结构，把象征主义的主客"应和"转换成为一种毗邻性的存在，虽然晦涩但显然虚构的语言现实强化了"荒凉和空虚"，特里斯坦和女术士的声音成为继玛丽、上帝之后的第三个和第四个声音。直到这一章最后一节，诗人作为诗中的一个现实角色的声音才出现。诗人对伦敦、波德莱尔的巴黎、但丁《神曲》的《地狱篇》，进行了某种重构性的描绘，伦敦城就成为"荒原"和幻灭的象征："一群人鱼贯地流过伦敦桥，人数是那么多，/我没想到死亡毁坏了这许多人。"

　　艾略特自称古典主义者，实际上他是现代主义诗歌中一个真正的集大成者，就《死者葬仪》来看，从"荒凉而空虚是那大海"向梭梭斯特里斯的语言跳跃，着实有些令人费解，似乎有一种神秘和玄学色彩。但是只要明了《荒原》寻找圣杯的整体设计和语言行动恍如意识流的推进，就不难看出背后的同时主义——日常、记忆和神话在一个共同的语境里形成了一种并置结构或共时性呈现，其依据的非相似性原则而是"海内存知己，天涯若比邻"式的毗邻性；而且写作主体不再作为一个全知的叙事者参与每一个场景，而是设置了叙事焦点。《死者葬仪》的五个声音相互独立，"众声喧哗"，它们产生的共振才是诗性之所在。相互呼应，相互补强又彼此独立，由此把象征主义推向了一个封闭而又无限敞开的语言之场，大大拓展了文本的诗意空间。对历史神话和文学经典的重构，显示了语言观念的突进，是一种真正的人文写作，不同于当代中国一些神话诗和文化诗充斥着大量主体干预和抽象（或审美化）的晦涩的意象化表达。《荒原》的经典性是寓于其具体性之中。威廉姆斯和拉金批评艾略特是知识的贩卖者和意义的二次兜售，不是一个心无旁骛的日常主义者或个人主义者，有些言过其实，艾略特的伟大诗艺是有强大的文本支撑的。或许艾略特也正是有感于浪漫主义过于放纵的个人主义和象征主义的二元对立焦虑，致力于在诗学上实现"非个人化"。事实上这种基于毗邻性原则的"客观呈现"或"非个人化"，也实现了去中心化——当然在艾略特的文本背后，有一个拉丁文化的中心，而不是现代主义的那个"人类中心"，不再是单一叙述焦点，就像毕加索的立体画颠覆了印象派的焦点透视。它在语言形式上呈现出碎片化、拼贴甚至镶嵌的特征，他和《追忆逝水年华》和《喧哗与骚动》，在一定程度上秉持着相同的语言观念。质言之，他们都深受柏格森的深度时间观念和弗洛伊德精神分析的哲学思想影响。

《荒原》无可争议地登顶现代主义诗歌的巅峰，但是在文本背后，写作主体仍是一个精神秩序的建设者和立法者，其写作是整体性的，没有个人性或私人性特征，有一种显而易见的拉丁文化情结，不论怎样的客观化重构，都不能保证语言的真正沉默。换句话说，它不是专注于生命感官和经验、诉诸语言的观看与倾听，而是基于对世界的整体性认知，致力于人类精神秩序的建设，将日常和人文艺术化和象征化，看似客观，实则有着强大的主体意志隐匿于文本背后，它和李白的《公渡黄河》的同时主义彰显的个人化浪漫主义精神，是不一样的。在当代中国，与《荒原》的语言观念响应并在艺术上相称的，是于坚的《莫斯科札记》。而后者的不同在于，写作主体不是作为一个立法者，而是一个见证者。

杰姆逊在《关于后现代主义》的对话录中指出，现代主义的一种专用语言是以普鲁斯特和托马斯·曼为代表的，就是时间性描述语言，在这种语言背后，有一种柏格森的"深度时间"概念。但这种深度时间体验和我们当代的体验毫不相关，我们当代是一种永恒的"空间性现时"。当代社会已经进入一个图像或拟真时代，人的体验不再是处于历时性的因果关系或共时性的意识流之中，生活变得碎片化和无序。尤其中国的文化传统不同于西方文化传统，本身就没有整体性的观念，更多呈现出宇文所安所说的"断片美学"，比如《论语》就是断片的集合，没有整一性的叙述。帕斯在《翻译与消遣》（1978年第2版）中谈及王维的《鹿柴》，他写道："这首诗特别难译，因为它将中国诗的一些特性推至极端：普遍性，无个性，无时间，无主题。"在王维的诗中，山的孤独是如此浩大，乃至诗人自身亦被空无了。"空山不见人，但闻人语声。返景入深林，复照青苔上。"像许多古诗一样，诗行间没有出现"我"；不同于西方文化传统是以自我为中心，浪漫主义的"我"几乎无所不在，现代主义的"我"到了艾略特，收敛了姿态，但是就像《荒原》所示，依然在"操控全盘"，具体表现为一种神话或历史文化的重构，以及对日常和当下的映射。王维诗不是"我"不在场，而是"我"保持了沉默，不言，专注于生命感官。诗得自凝视和倾听。当然王维的"沉默"在中国古代诗人中也是非常突出的，这和他的佛教文化背景有关。一缕回光照在青苔上，正如帕斯所说："取白日中某一具体时辰，化为一瞬，冻结在其无限循环中，于是便成为万古的。这场景可解作灵悟（illumination）的隐喻。这个寻常（森林落日）代表的是一个不寻常（个体的顿悟），而以天地的角度来看，这个不寻常，也不过是如日照青苔一般地寻常。"我们也可以说，这正是一种永恒的"空间性现时"。

现代汉诗深受西方现代主义的影响，反而丧失本民族传统的哺育，其结果是"我"在诗歌中的出镜率出奇地高，自我表达欲望强烈，指点江山，激扬文字，让万物人性化和主观化，而失去了"客观，无我"。不难看出，王维的《鹿柴》以及他的大部分诗，都符合毗邻性原则，以描述性语言客观呈现观看和倾听所得，写作主体是沉默的、不言的。换句话说，其写作是真正专注于语言本体的，这和20世纪80年代诗歌革命倡导的，有着惊人的内在一致。以于坚、韩东为代表的第三代诗人出场，标志着先锋诗歌运动在中国本土的肇始，反崇高，反传统，强调个人和日常，文学要回到语言本体。韩东的早年名作《有关大雁塔》和《你见过大海》是典型的先锋诗歌，以反复修辞法和反讽语调，解构现代主义在中国孕育出来的空洞抒情和文化诗、神话诗的伪浪漫主义写作。但是90年代以后，尤其新世纪最近十年，韩东的写作收敛了先锋姿态，真正专注于语言本体，在最克制的情况下，他把抒情主体的言说频道关闭了。《红霞饭店》即是这方面的代表，以饭店之名"红霞"二字起兴，他描述了两个想象或记忆中的场景，一是父亲坐在油漆磨光的地板上，一是母亲走进饭店楼下的布匹店，两个毗邻性的场景各自独立，并无交集，"布布布布布……"呈现了布匹店布的层层叠叠，而母亲"不不不……"的声音，与布谐音，在此创造了一种恍惚之境。作为写作主体的"我"在这里保持了最大的克制，对父母的悼念和拒斥时光流逝；没有狄兰·托马斯《不要温和地走进那个良夜》那么激烈，却有着更沉潜的具体性，构成抗衡遗忘的力量。这是瞬间永恒的"空间性现时"和断片美学的当代版，其结构显然不再依傍类比而是毗邻性，语言也表现为描述性特征，而不是论述性，词与物的关联的内在相似性空间，留给读者和批评家了。

　　我们时常纠结于如何继承和发展传统，总是浮在语言的表面，做一些旧瓶装新酒一类的化用或古典的重构，不免隔靴搔痒。艾略特提供了杰出的示范，但是中国诗人很难真正消化。在我看来，中国当代诗人学到的不是"非个人化"，而是极端个人化。姿态性的东西太多。论述性语言处处依靠相似性，处处是"我"的表达，很少"无我"之境。抽象成为语言行动的风尚。语言形式的具体性被看低，没有几个诗人致力于从具体超越具体，而是从抽象和具体之间去建立语言的张力场，具体总是附庸于抽象。如果我们深入语言的深处，其实完全可以忽略韵律的栅栏而直接沟通传统。兴发感通，本质上即是依据毗邻性原则，而其背后是一个古老的写作坐标原点，从那里看世界，万物皆是平等的主体，有无相生，生生不息。

悖谬性

　　1926年9月，里尔克在花园采摘玫瑰，手指不慎被扎伤，没有得到有效医治，伤口迅速感染并恶化。他原本就长期患病的身体变得更加不堪一击，最终于同年12月因肝功能衰竭和白血病离开了人世。他嘱咐后人在墓碑上刻着："玫瑰，纯粹的矛盾，乐为无人的睡梦，在众多眼睑下。"玫瑰花和刺，在直观上显然是矛盾的，里尔克将它们命名为"纯粹的矛盾"再准确不过。玫瑰本身的"矛盾"存在，即是一种悖谬性存在，是困境，也有对困境的超越——"乐为无人的睡梦，在众多眼睑下。"

"悖谬"，似非而是，或者自相矛盾。现在常见的用法是用来指似真似谬的——矛盾的、具有讽刺性的或意料之外的陈述。将"悖谬"的含义细分，它在不同的学科领域有着不同侧重的体现。在哲学上称为"二律背反"或者"倒反"，意指对同一个对象或问题所形成的两种理论或学说虽然各自成立但是相互矛盾的现象；在逻辑学上叫"悖论""怪圈"；在物理学上叫"佯谬"，指一个命题看上去是错误的，但实际上是正确的；在医学上叫"反常反应"，指药效与预期相反；在修辞学中叫"矛盾修辞法"……在文学领域，"悖谬"概念与上述含义密切相关又有其特点。英美新批评派理论家布鲁克斯将"悖谬"用于他的诗歌批评，指出"悖谬是一种表明似乎矛盾而内含真理因素的表达方式"。由于现代人的异化、人格分裂和精神困境，存在的悖谬性已经成为带有某种普遍性的东西，只不过发现这样一种存在，需要一种批判和自我批判的意识和怀疑精神的在场。在文学发展的流变上看，悖谬性的表达当然比批判现实主义有着更为深刻的力量，因为前者是向内的省视，聚焦存在的困境，而不是现象的批判。以一种超越、疏离，有悖于惯常经验或理性逻辑的方式看待世界，会在具体的文本中呈现出悖谬性和荒诞感，在美学上出现奇崛、陌生，甚至令人震惊的艺术效果。张枣说："在世界文学的整体范围里，有一个公认的坐标，那就是波德莱尔的出现，因为他代表了一个现代心智的出现，这个心智显然十分自觉地将忧郁做出一种'恶之花'似的矛盾修辞法似的呈现，使得象征主义以来的任何现代抒情方式有了一眼可辨认的主要特征。"矛盾修辞法之于波德莱尔，与其说是修辞学的变法，不如说是美学观念的革命。它把过去时代列为艺术禁区的事物堂而皇之地摆到了审美的台面上，"恶之花"本身蕴含的悖谬性就足以颠覆以往的唯美主义观念。在《恶之花》中，我们可以看到大量的"恶"，或者与社会阴暗面相关的词语，如腐尸、赌徒、魔鬼、怪物、撒旦等，它们和带有反讽或者相悖的修饰词构成的强烈的对比和张力，从而曲折地呈现了诗人内心深处的真实情感。波德莱尔在非道德的、怪癖的、令人恶心的、丑陋的变态和病态的空间里，开辟了一块惊世骇俗的美学飞地，标志着现代主义的崛起，以对抗浪漫主义的唯美之空洞和对存在的遮蔽，凸显在艺术上的求真意志。

悖谬性除了它的荒诞性或寓言性（如卡夫卡的小说《城堡》等）特征，最重要的是表现出一种"不和谐音的张力"。胡戈·弗里德里希说，现代诗歌最显著的特征之一就是"不和谐音的张力"，从形式和内容上均体现为：彼此相反的特征互为映衬。作为一种负面的"我"和世界经验，现代的精神分裂通常表现为内在和外界之间的双重"不和谐音"。这种"不和谐音"即是相反、悖谬，相互矛盾又共为一体，就像里尔克对玫瑰的命名："纯粹的矛盾"。西方现代主义文学将悖谬性纳入语言视野，更多的是一种批判意识的在场。只不过它不同于批判现实主义的伦理性或社会学批判，而是把自我纳入了批判的视野——把自我作为审视对象，同时又抽离其中，具有某种超脱姿态或疏离感，这很有点像中国古代禅宗之"无理而妙"或古诗的"诗关别趣"；只是后者较少批判色彩，更多关注自性的觉悟或表现为一种参禅悟道的机趣。比如众口所说"烦恼即菩提"，又如云门偃禅师说："终日说事，不曾挂着一唇齿，未曾道着一字；终日着衣吃饭，未曾触着一粒米，挂着一缕丝。"（《古尊宿语录》）这种看似矛盾的语句，反将一个不黏着丝毫的自在人，表现得洒脱真切。古人作《吟梅花》，"满眼是花花不见"，即是矛盾的语法，悖谬性的观照，明显有悖于逻辑。满眼是花，反不见花，这种在理性中冲突和矛盾的意象，凸显陌生化，当读者突然和作者产生共鸣融合为统一指向，就激起"别趣"，产生奇崛意外的艺术效果。悖谬性究其根本，还是从属于毗邻性，即是说，相悖或矛盾的事物被置于一体中，呈现为本体的二元对立，主体游离其外，并不言说，本体之相反存在并置之间的悖谬，产生了"不和谐音的张力"，而其诗学特征更多是诉诸空间美学的。比如杜甫诗"水流心不竟，云在意俱迟"或邵雍的"月到天心处，风来水面时"，同属"目击道存"语。悖谬性使得"妙存默中"多了反向对拉的张力，实则隐含着主体的超越但并不说破的深奥。

现代诗歌在元诗意识的层面表现出来的悖谬性，更多呈现为写作的困境，或者说命名之难。这种无以言说的困境，有时候表现为一种词的流亡状态。1989年以后大部分今天派诗人，不约而同走上语言的流亡之途，在写作失去镁光灯效应之后，诗人被时代抛向边缘，不得不专注于自我和内心，向自我的掘进，面临着精神和现实的双重空虚。鲁迅先生说："当我沉默着的时候，我觉得充实；我将开口，同时感到空虚。"这种写作焦虑在后者表现得更甚。充实和空虚，沉默和开口，二者相悖，但并不处于一种觉悟的光亮中，而是处于本体二元对立的黑暗中。在此悖谬性表现为自我的精神困境，实际上是时代的一个镜像，无论鲁迅先生在20世纪20年代后期人生理想的幻灭，还是今天派诗人在中国进入市场经济的狂欢、远离母语的语境后带来理想主义的幻灭，都在一定程度上有着某种必然性。从北岛后期的诗，不难看出端倪。比如《早晨的故事》《出门》等。

悖论性结构的出现使得语言进入一个相反相成的张力场，批判意识由过去批判现实主义的金刚怒目转为反讽、戏拟或谐谑，以一种更加深潜的姿态和超越性的视角观照存在。诗人张执浩的《这不是诗》以否定达成肯定，仿佛在贬抑诗，说着"诗不能阻挡一辆坦克前行"的潜台词，实际上彰显了在大灾难面前诗的见证的力量。陈先发的《鱼篓令》同样诉诸一个隐形的悖论结构，诗人寄情于那只上天入地的小小鱼儿的情怀和隔壁住着一个刽子手的冷峻现实的并置，产生了一种陌生、奇崛的艺术力量。

悖论性是"无理而妙"的禅悟机趣，是当代反讽艺术的源泉。对于中国诗人来说，它既是古典主义的，也是现代性诗歌美学"不和谐音张力"的突出表征。

2022年6月2日—8月15日
2022年10月28日改定

图书在版编目（CIP）数据

汉诗：我的浑浊像黄河一样清澈 / 张执浩主编. -- 武汉：长江文艺出版社, 2023.8
ISBN 978-7-5702-3156-0

Ⅰ. ①汉… Ⅱ. ①张… Ⅲ. ①诗集－中国－当代 Ⅳ. ①I227

中国国家版本馆CIP数据核字(2023)第091035号

汉诗：我的浑浊像黄河一样清澈
HANSHI:WO DE HUNZHUO XIANG HUANGHE YIYANG QINGCHE

| 责任编辑：胡　璇 | 责任校对：毛季慧 |
| 封面设计：祁泽娟 | 责任印制：邱　莉　王光兴 |

出版：长江出版传媒　长江文艺出版社
地址：武汉市雄楚大街268号　　邮编：430070
发行：长江文艺出版社
http://www.cjlap.com
印刷：武汉东赛印务有限公司

开本：720毫米×1020毫米　1/16　　印张：15
版次：2023年8月第1版　　2023年8月第1次印刷
行数：6780行

定价：36.00元

版权所有，盗版必究（举报电话：027—87679308　87679310）
（图书出现印装问题，本社负责调换）